高岡 修
詩集

Takaoka
Osamu

Shichosha
現代詩文庫
190

Gendaishi
Bunko

思潮社

現代詩文庫　190　高岡修・目次

詩集〈水の木〉から

詩集〈二十項目の分類のためのエスキス・ほか〉から

詩集〈鏡〉全篇

詩集〈梨花の時間〉から

装幀・芦澤泰偉

詩篇

詩集〈水の木〉から

水の木

一月

死んだ子どもたちの世界に、
水の木は立っている。
子どもの頃だれもが一度はゆめにみる。
視ていると、
死界の淋しい雨のなかを、
死んだ子どもたちが、
水をあたえにくる。
死界では、
その行為の終わることはない。
死んだ子どもたちは、
気の遠くなるような未来に、
水の木に、
枇杷の花によく似た永遠が咲きひらくのを、
待ちうける。

二月

死んだ子どもたちは、
鳥たちを、
砂のなかで、
飼う。
永劫に逃げられぬ。
鳥たちが、
砂のなかから見あげる二月の太陽は、
草色に衰弱している。
もう羽毛が陽をあびてかがやくこともない。
鳥たちは、
砂を食べながら、
ときおり、
空へ翔びたつ夢をみる。

三月

絶望は花の匂いがする。
生きているものたちを限りなくうすく切ってゆくと、
美しい花弁になる。
はにかみながら、
死んだ子どもたちは、
あらゆるものを交換する。
まだ使われたことのないろうそくと魚と。
酢の入ったなみだのような壜と今日の午後と。
死んだいっぴきの蛾ともくれんの花と。
だれにも干渉されず、
夢におけるように気まぐれに、
世界の重心を置きかえる。
生の、
類似の、
可能性をつくりあげるのだ。
そして、
昼寝をするまえに、
愛の過剰を、
孵化した数百ぴきの子蜘蛛が、
母蜘蛛に群らがり食べつくしてしまう光景を、
視にゆく。

四月

水の木にのぼって、
死界の、
四月の、
みずみずしい風景を視ていると、
こころがやってくる。
菜の花の黄のざわめきにたわむれていた蝶を、
ちいさな網目と歓声で追いかけた懐しい日々が、
酢のにおいとともに立ちのぼってくる。
それは、
昨日のことのように遙かな過去のことである。
水の木から降りると、
死んだ子どもたちは、
針金でつくった網で、

胴のふとい死んだ蝶をつかまえる。
狙いをあやまたぬ。
何頭かの死んだ蝶は、
翅や触角をちぎってたのしむが、
たいていは標本にしてしまう。
毒液を注射する必要はない。
水色の防腐剤にひたしたあと、
木理のきれいな箱に釘で打ちつける。
画用紙にセメントで貼りつけることもある。

五月

世界中の屋根裏部屋で、
盲目の、
死んだ子どもたちは、
おそろしいほどの精密さで、
未来の世界の図面を引く。
びっしりと書きこまれている。
《馬の建築物の罅のある内臓》
《撃たれた鳥が落下してゆく速度の黄金率》
《溺死体が水底から凝視する赤い月までの正確な距離》
《夕闇せまる食卓のまわりで四人の家族の消化管を
ゆっくりと下降してゆく陰惨な豚肉の跳ねる確率》
あるいは、
《外灯のあかりを毟り合う数ひきの蛾の悪霊として
の結晶度》
それらおそるべき細密画から、
死んだ子どもたちは、
つぎつぎと、
未来へ、
存在の迷宮へと、
入ってゆく。

六月

天秤にのせる死者の最後のいっぽんの毛髪に匹敵する夕
暮れがある。
全世界の夕暮れである。
もし生物が夢を生きるのならば、
逆に間断なくめざめていなければならぬ。

雨季。
みどりの海底から死んだ子どもたちが釣りあげるのは、
あたまだけの魚。
鰭もうろこもない。
間髪をいれず、
歯をそぎ落とす。
退化した眼を、
抉り出す。
覗きこむと、
そこに海が内臓されているのが視える。
抉られた眼の暗黒から、
ゆっくりと、
神の時代に殺されたひとびとの毛髪をたぐり出す。
神の時代に殺されたひとびとの毛髪を紡いでいると、
自分たちの体内にも、
まっさおな海が内臓されているのがわかる。
死んだ子どもたちの肉体の入江に、
海はしずかに水と塩をたたえている。
毛髪を紡ぎおわると、
死んだ子どもたちは、
塩のにおいをさせながら、
雨にけむる巨大な柱廊のある永劫を、
めぐりあるく。

七月

澄みきった、
七月の庭に、
茄子が数本さがっている。
きれいなむらさきいろである。
その色を、
死んだ子どもたちは、
少量の毒と水と絵の具と太陽のひかりでつくる。
神でさえその色を創造することはできぬ。
それから、
庭の垣根のあたり、
生界との見えない境界を越えて、
もうひとつの世界に、
まるで鏡の水銀に映し出すように、

数本のきれいな茄子を、
左右対象に、
ぶら下げる。

八月

夏は空の剝がれやすい季節だ。
水の木にのぼって、
死んだ子どもたちは、
端のほうの空に、
ナイフですこし傷をつける。
わずかにめくれあがった空の傷口の皮膜を、
かわゆい指ではさみ、
まるで羊羹からビニイル膜を剝ぐように、
いとも簡単に、
空を剝ぐ。
だが、
それが実際の空ではなく、
幻影にひろがる空だということを、
死んだ子どもたちは知らない。

幻影の空は、
剝いでも剝いでも尽きることがない。
水の木の周辺に、
蛇の抜け殻のように、
うつろな、
すこし反りかえった空の皮膜が、
散乱しているだけである。
それでも、
剝がれるたびに、
空はあたらしい匂いを放つ。
死んだ子どもたちに、
すこしはにかんだ、
八月のあたらしい表情を、
視せる。

九月

水の木について、
死んだ子どもたちは、
多くを知らない。

ただ水の木のありようを、
心からいとおしむ。
なぜそうなのか、
死んだ子どもたちにはわからない。
ただ、
死んだら、
子どもたちは、
無意識に、
水の木のまわりに集まってくる。
だれ言うともなく、
水の木にのぼる。
だから、
水の木の枝々に濃くしげるのは、
死んだ子どもたちの言葉である。
死界に冬がきても、
それらが枯れ果てることはない。
死んだ子どもたちが増えつづけてゆくかぎり、
水の木はあたらしい芽を出しつづけ、
萌えるようなみどりの集積の下に、
九月の、
きれいな、
影をつくる。

十月

夕暮れになると、
死んだ子どもたちは、
雲から絲を吐く。
まるで蜘蛛のようだと見ているだれかが笑う。
雲の突起の小孔から紡ぎだす絲は、
わずか〇・〇〇六八から〇・〇〇三四ミリメートルのか
　ぼそさに過ぎないが、
確実に、
水の木の枝と枝のあいだに放射状の網を張ってゆく。
からまる罠に翅をばたつかせるものを待つのだ。
網を張りおわると、
昨夜ねむらずに泥と水とでこしらえたあたらしい鐘を、
水の木のいちばん高い枝につるす。
水の木からみんな降りたあと、

のこったひとりが、
鐘をつく。
世界中の子どもたちが、
遊んでいる手をふととめて、
じっと耳を澄ますのは、
死んだ子どもたちのつく鐘の音が、
聴こえてくるからだ。

十一月

昼間、空に放してやった魚たちが帰ってきて、
水の木の枝々でねむっている。
砂を出ることもなく、
鳥たちが、
涙のようにねむっている。
死んだふかいねむりである。
夜更け、
死んだ子どもたちは、
水栽培の水仙の球根に刃物でふかく傷を入れる。
すると、
折れまがった葉がのびて、
水仙は、
裂れ裂れの妖しい花びらをひらくのだ。
ここでは、
この栽培法を
《水仙の蟹づくり》
と、呼んでいる。

十二月

軋むベッドのうえで、
死んだ子どもたちは、
母親から、
果てしなく長い物語りを聴く。
母親が毎夜読んで聴かせる多くの書物、
とくに、
『チベットの死者の書』に書かれている、
死からふたたび転生するまでの魂の四十九日間のバルド
の物語りは、
死んだ子どもたちに、

深いやすらぎを与える。
深夜、
ねむったふりをして、
母親がいなくなると、
その日に死んだ世界中の蟹をあつめて、
焚く。
油をつかわなくても、
紙だけでよく燃える。
白芥子の花のようだと死んだ子どもたちは想う。
見あげると、
降るような星空である。
明日は、
世界中の捨てられた子猫をあつめて、
川へ流しにゆく。
泥と紙とで箱舟をつくり、
それに、
乗せる。

糸玉

人生は、もつれた、糸玉のようなものだという話しを、ある老人から、聴いたことが、ある。苦労のすえに、やっと、糸口を見つけ、長い時間をかけて、ほどいてしまうと、そこには、もう、何もない。ただ、かつては、糸玉であったとおぼしき空間に、まるで、糸のない繭のように、ぽっかりと、うつろだけが、ひらいていると、いうのだ。

その夜、ぼくは、巨大な、糸玉の夢を、みた。夢のなかで、ぼくは、巨大な糸玉の総量が、宇宙そのものの、うつろの総量と、等しいのを、知っていた。だから、その巨大な糸玉は、すでに、ぼくの夢の領域から、あふれていて、もう、誰の夢のなかのことなのか、わからないのだった。

それからのことなのだ。ぼくが出会う人は、いつも、糸玉の夢の話しを、する。ひらかれる眼の虹彩の奥に、いつも、巨大な糸玉を、あふれさせて、いる。

空壜

いつの頃からか、空壜を、翅の無い鳥と、おもうように、なった。空壜の、なかには、いつも、むこう側の、奇妙に、ふくれあがった、景色が、内臓されて、いたから、空壜は、また、死者たちの、おおきな、涙つぶのようでも、あった。いつも、内側だけは、濡れているので、空壜からは、たえず、酢のようなものが、あふれ出て、いた。

深夜、ぼくは、薄羽蜉蝣の、翅を、あつめて、空壜に、つめる。すると、なぜか、明日は、空壜たちが、涙つぶのように、翔べるような、気がするのだ。

キリン

死者を野辺おくりしたあと、喪服を着た、見知らぬ人たちと、キリンを食べることに、なった。《燃えるキリン》というのは知っているが、《人間にまるごと食べられるキリン》というのは、聞いたことがない。だが、一度決めてしまったのだから、それに従うより他にない。キリンの頭の方から、みんなで、きれいに食べた。すると、みんな、なんとなく、くびが長くなったような気がして、おそるおそる、くびを伸ばしてみると、ほんとうに、遠くの方が、よく視えるのだった。

しかし、遠くがよく視えたからといって、なにも物事が解決するわけではない。遠くがよく視えるようになったかわりに、自分のまわりが視えなくなっただけのことである。仕方がないので、長くなったくびを、空にねじりこむようにしながら、うっすらと、一頭の象を、想いえがいた。

性的な夢

北半球に、ひるがおの花が、咲きひらくころ、ぼくは、性的な夢を、みなくなる。長いあいだ、ぼくは、そのことに気付かなかったが、ぼくの瞳孔を、覗きこんでいた医師が、ある日、その事実を、ぼくに、告げた。北半球に、ひるがおの花が、咲きひらくころ、ぼくの瞳の虹彩は、まるで、死界に咲きひらく花のように、精いっぱいに、ひらかれるという。だから、ぼくの内部には、おびただしい量のひかりが入りこみ、乱反射して、いかなる夢も、その像を、結ぶことが、できないというのだ。

父の話しでは、北半球に、ひるがおの花が、咲きひらくころ、ぼくの若い母は、死んだという。母の、しろく、美しい乳房を、癌が、犯していて、まだ幼なかったぼくは、しきりに、すでに執りとられた、母の乳房の幻影を、まさぐっていたと、いうのだ。それが、ぼくが性夢をみなくなる原因であるということが、わかったとき、ぼくは、ぼくの内部にあふれる、白いひかりのなかで、涙を流した。

だから、北半球に、ひるがおの花が、咲きひらくころ、ぼくは、生まれたばかりの、ぼくの手が、まさぐってい た、癌の感触と、母の、しろく美しい乳房の幻影を、無意識のうちに、想い浮かべ、そのとき、ぼくの瞳の虹彩は、まるで死界に咲きひらく花のように、精いっぱいにひらかれて、ぼくは、性的な夢を、みなくなるのだ。

舌

ある朝、眼が覚めると、ぼくは、もうひとりのぼくの、舌になっていた。口のなかで、ぼくは、太く、ざらざらしていた。いつも唾液にまみれ、ものの味を感じつづけた。そして、これは、ほんとうに重要なことであるのだが、舌であるということは、じつにさびしいことであった。

あまりにもさびしいので、ぼくは、にがいゴムのように、伸びたりちぢんだりした。あらゆる言葉をその上にのせてみたり、女の乳首や性器も舐めた。他の舌とからみあったこともある。だが、ぼくのさびしさは、舌の存在そのものにかかわるさびしさで、あるらしかった。

〈なぜ、こんなにさびしいのだろう?〉と、ある日、ぼくは考えた。そして、〈舌である〉という自意識が、その原因であるということがわかった。つまり、存在するものには、どんな微細な精神も必要ではないということが、わかったのだ。だが、理由がわかったからといって、さびしさが無くなってしまうというわけではない。ぼくは、かえって、虚無の深淵をのぞきこむ結果になってしまった。仕方がないので、ぼくは、ぐねりと動くと、もうひとりのぼくの咽喉をふさいで、窒息させてしまった。

そして——。

——そして、ぼくはいま、街のはずれの、小高い丘の上の、火葬場の、焼却炉のなかにいる。人々のざわめきと、線香のむせかえる煙のなかで、火がつけられた。舌であるということは、じつにさびしいことであった。火の熱と味を知ると同時に、ぼくは、燃えはじめた。

（『水の木』一九八七年ジャプラン刊）

詩集〈二十項目の分類のためのエスキス・ほか〉から

ある建築物のためのエスキス

信じがたいことであるが
その建築物を一度かいま見たものは
みんな驚嘆する
その建築物は
つねに収縮と拡散をくり返しているので
その大きさは正確に言えば
ひとつの銀河系をさえ内包できるほどのものではあるが
その建築物の外容も内容も
（その内部のどんな微細な構造でさえも）
瞬時に一望することができる

1

その建築物は
天空から吊るされている
天心とおもわれるあたりから

強靱な綱が垂れていて
その上端を
死者たちの歯が噛んでいる
一種の浮遊状態にあるわけだが
その建築物が落下するというようなことはない
そこでは
重力というより
物質の質量そのものが存在しない

2

その建築物の
卵殻か魚鱗のような外壁は
かならず一端がひらかれているので
内部と外部の区別がない
内界がそのまま外界であり
外界はそのまま内界となっている
したがって
建築物容積という
どこか精神的なにおいのする
時間の凝固したフォルムは
ここには存在しない

3

上昇がそのまま下降であり
下降がそのまま上昇であるひとつの摂理のなかに
その建築物はある
そしてまた
その建築物では
芯のあたりのみが激しく回転し
周囲は静止したまま
しんと静まりかえっている
それはちょうど回転している独楽の
正反対の状況に似ている

4

他の多くの建築物と同じように
その建築物もまた無意識である
退廃と増殖作用をくり返し

ひとつの宇宙として完全なる混沌《カオス》をゆめみている
ゆえに
その建築物には
部屋という概念がない
すべての面はたえず孤を描き（外へ外へとひらき）
変曲する面の各点の座標は
たえず移動するか
後退している

5

その建築物にはまた
窓という概念がない
その建築物そのものがすでにひとつの
（あるいは無限に複数の）
眼球としての機能を有しているので
窓という
外部を視るための
（あるいは内部を覗かれるための）
死者の瞳孔のような空間は
必要がないのである

6

その建築物では
回廊はすべて精緻な迷路となっている
（そこを歩きはじめたものは二度と還ってこない）
ゆえにその建築物の住人たちは
いつも見知らぬものたちばかりである
その建築物では
階段はどれも上部か下部が切断されている
（そこを上降しはじめたものは二度と還ってこない）
ゆえにその建築物の住人たちの記憶は
いつもどこかで断ち切られている

7

その建築物の
内広場と名付けられた場所では
空もまた網目状に切り取られる
（切り取られたものはどれも美しい花弁を思い出させる）

離散する永劫について考えている
そこに虚無は傷つきやすい状態で棲息し
瞑想は
狂操する死者たちの手で
むしられている

8

その建築物は
天空から吊るされている
その建築物の内奥で
（あるいは外奥で）
微笑が卵形に結晶するときの色を視ようとして
光が乱反射しながら死んで墜ちてくる
そこでは
毒虫のように光を飼育することも
可能なように思われる

遊び場のためのエスキス

砂場

その砂場では
けっして人型以外のものを作ってはならないことになっ
　ている
その作業は
理想の人型が完成されるまでつづけられる
だが誰も理想の人型というものの実体を知らないので
その作業が終ることはない
作られた人型はすぐに風にくずれ
ただの砂粒に変形する
その砂場はまた果てしなく広いので
遠くから見ると
子どもたちも造られた人型も芥子つぶのように消えて
無人のただの淋しい砂場として見えるだけである

花壇

砂場の横の花壇には
幻影という名まえの花が咲いている
ゆえにいつも花の枯れることがない
そこに群生している植物は
どれも子どもたちの背丈より遙かに高いので
どの花も空のなかに咲いているように見える
晴れた日にはうすみどりいろのザクロのような実がなる
が
砂場からそれらを見上げるたびに子どもたちは
空の傷口という印象をもってしまう

鉄棒

砂場の横にはまた
子どもたちのために鉄棒がつくられている
だが　ぶらさがるべき鉄の棒がどこにあるのか誰も知ら
ない
数本の（あるいは無限に近い数の本数の）支柱の先に
それらは存在しているのだが
あまりにも遙かな高みにあるために
それらは存在しないに等しい存在となっている
結局その遊び場しか知らない子どもたちにとって
鉄棒はやがて朽ちはてるただの支柱にしかすぎず
初めて逆上りに成功したときの火照る頰のいろは
ただの幻影にしかすぎない

鳥具

鉄棒のあるちょうど真向いの砂場の横には
鳥具と呼ばれる遊具がつくられている
捕えられた小鳥たちは
さまざまなところへ目的にわけて売られてゆくが
子どもたちの乗れるほどのわりに大きな鳥の類は
一本のかなり高い棒の先にとりつけられた縄につながれ
鳥具という乗物として利用されるのである
その鳥具に子どもたちは次から次へと乗りにくる
鳥たちはその子どもたちのために
棒のまわりの恐ろしく低い弧空を飛びつづけ

力つきたのちに死に絶える

すべり台

すべり台は
死んだ子どもたちのためにだけ存在する
その頂点がどこにあるのか誰も知らない
のぼる階段だけがあり
すべり降りるゆるやかなスロープだけがある
ゆえにそのすべり台では
階段をのぼる死んだ子どもたちは
永遠にのぼりつづけなければならず
スロープをすべり降りる死んだ子どもたちは
永遠にすべりつづけなければならない

ブランコ

ブランコもまた
死んだ子どもたちのためにだけ存在する
その鎖がどこから吊りさがっているのか誰も知らない
遙かな高みからそのブランコは垂れている
したがってその一度の振幅は
ほとんど永劫に近い時間を必要とする
おびただしい数の死んだ子どもたちを乗せて
そのブランコはひとつの永劫から次の永劫へ
たえずしずかに揺れている

二十項目の分類のためのエスキス

咲くもの

斬首された天文学。死刑執行者への挨拶。酢の手相。

裂けるもの

いままさにナイフの刃の真上にくる正午。血族婚の美しい記憶。束の間の微笑。

裂かれるもの

魚、あるいは肉からだけしか生まれることのない狂操。

前方を逃げてゆく夜明け。花が抱いている殺意。

流されるもの

まひるの風景を剃り落とそうとしている右手。真紅の薔薇が視つめている屠殺場の灯。自殺者に近似しようとして失敗する陶酔。

けっして流されることのないもの

きのうの午後に垂れている理髪師の絶望。いっぴきの蝶を永遠に見喪なってしまう夕景。デスマスクの上で凝固しているなみだ。

縫い合わされるもの

六月、あるいはにわとりの類。すべての色。卵巣のなかで液化している時刻。

翔ぶもの

蒼白な靴下。蒼白な雨戸。落雷寸前の避雷針。

眼を閉じるもの

不透明な沈滞。木の中でかすかに光りつつ唱っている魚。まぎれもなく廃棄される虚偽。

征服されるもの

仮死のピンクの縁取り。石の上で陽にあたためられているノスタルジア。死後にしか完成しえぬ完全なる円環。

むしられるもの

昼の牛。死のほとり。花あかり。

しわむもの

見知らぬいっぴきの犬が視ていた場処。塩化ナトリウム。四月の森。

溺死するもの

昼月、あるいは昼月に類似するすべてのもの。水たまりに切り取られている空。覗いたまま井戸に墜ちている貌。

眠らぬもの

卵から剝落する最後の瞑想の一葉。閉ざした鎧戸のあいだ。孤独の背後に到達する日時計の影。

ひびくもの

邪教の石。一羽の殺された白鳥が流入してくる月曜の朝。空という名の一個の巨大な眼球。

輝くもの

日曜の肺。色のひとつ多い虹。五月の帆。

動悸するもの

くさりつつある水。やがてちぎられる花。切断された鶏の首。

本質的に幻影であるもの

円、あるいは円周率。見知らぬいっぴきの野良犬がくわえていった真昼。子午線を横切る鳥。

逃亡するもの

茜空を背景にして立っている丘の上の裸木群。夢想している本。羨望と驚きのまなざし。

吊るされるもの

からすうり、あるいはからすうりに酷似しようとして凝固している空。卵形の夢。食用としてとらえられた千匹の毛蟹。

やがて叫びはじめるもの

釘にかけられたまま気が狂れている一条の縄。磁器製の水、つまり当惑する磁器製の笑いのこと。そして、二十世紀のとある憂鬱の尾。

(『二十項目の分類のためのエスキス・ほか』一九八九年ジャプラン刊)

鏡

鏡のまえで、
ぼくはふりむく、
鏡のなかのもうひとりのぼくも同時にふりむくのだが、
しかし彼はふりむいて、
いったい何を視ているのだろう、

0

三十五億年前、
無機物たちも夢をみた、
みずからを生み継ぐという哀しくて果てしない夢である、
無機物たちの夢はやがて、
メタンやアンモニアのむれる大気、
海を流れる幾すじもの川のなかで、
たがいにその無機質をぶつけあいながら、
ついに微粒の植物を、
誕生せしめた、
偶然の、
最初の、
燦然たる誤謬である、
きみの、
そしてぼくの、
まぶしい源流が、
そこに、
ある、

1

在る、
ということ、
在る、
という、
そのたったひとつの事象に、
感情は胚胎する、
石がそこに、

在る、
木片がそこに、
在る、
空のコップがそこに、
在る、
それぞれの感情が、
それぞれの個の形態をとりながら、
そこに在る、
ということの痛みを、
きらきらと外界に、
反射させている、

2

かつて
微粒の植物であったぼくら、
三十五億年は、
細胞のなかにある、
世界を呼吸し、
自由に伸縮する、
世界を欲情し、
熱を、
発散させる、

3

きみの眼前に、
いっぽんの針がある、
針はきみに、
針としてあるということの感情を、
発している、
すなわち、
どんな傷口よりももっと、
刺すということの痛みを、
きみに反射させている、
すなわち、
刺されるものよりももっと、
刺すということの恐怖を、
その尖端に集約させている、
すなわち、

縫合されるものよりももっと、
縫合するということの絶望を、
その全身にみなぎらせている、

4

きみの、
そしてぼくの、
ゆめみた都市、
一万年前にはなかったものだ、
地球がながい熱発の眠りからめざめたとき、
地上世界のこの現出を、
はたして地球自身は想像しただろうか、
きみの網膜には、
すでにひとつの映像が結晶している、
地球、
そのうるんだ碧い瞳にこびりついている、
都市という、
かさぶた、

5

きみの棲んでいる都市では、
ひとはいたるところで長い列をつくっている、
いったいあれはなんという名のまぼろしなのか、
そんなにも待つべきものが、
どのように存在しているというのか、
かつてひとびとは、
殺されるために柔順な列をつくった、
そしていまひとびとは、
緩慢なる自死へ、
じつに長い列をつくっている、

6

もう幾日も、
きみは、
喀血する秋の樹木を視ている、
血に痴れた樹木の内界から、
花びらのような、

うすべにいろの雲を、
引きずりだしている、
肉界につながれているきみの背中の深い裂け目、
きみの裂け目を出たり入ったりする黄金の蜥蜴、

7

世界が目覚めるからきみも目覚める、
世界が秩序であろうとするからきみも秩序であろうとする、
世界が便りを書くからきみも便りを書く、
世界が微笑するからきみも微笑する、
世界が普遍性を求めるからきみも普遍性を求める、
世界が眼をそらすからきみも眼をそらす、
世界が沈黙するからきみも沈黙する、
世界が成熟するからきみも成熟する、
世界が対立するからきみも対立する、
世界が拒否しようとするからきみも拒否しようとする、
世界がきみを忘れるからきみも世界を忘れる、

8

すでにすぐれて、
きみは、
都市である、
すでにすぐれて、
きみは、
都市の孤独そのものである、
すでにすぐれて、
きみは、
都市の喪失そのものである、
すでにすぐれて、
きみは、
激しくひとつの問いである、

9

不眠の街、
不眠の舗装道路、
不眠の街路樹、

不眠の鳩、
不眠の銃口、
不眠の指、
不眠の窓、
不眠のベッド、
不眠の壁、
不眠のしみ、
不眠の釘、
不眠の言葉、
不眠の季節、
不眠の空、
不眠の死、

10

死体と同じように、
鏡にもやはり、
スミレの匂いのする、
最初のひろがりが必要だ、
スミレの匂いのする最初のひろがりによって、
鏡もまた、
死体と同じように、
無限の空間と、
無限の時間を、
保有するにいたるだろう、

11

わかりきったことであるが、
無限の空間と、
無限の時間はまた、
無の空間と、
無の時間でもある、
無の際限もないひろがりからみれば、
ぼくらの寄生する宇宙空間もまた、
無のただ一度のまばたきにも満たず、
ミクロコスモスがそのままマクロコスモスであり、
マクロコスモスがそのままミクロコスモスであるという、
十全の事実をも含めて、
果てしなく、

無の性的な痕跡を、
とどめつづけている、

12

樹木をのぼり、
細い梢を出て、
空にさまよいでているいっぴきの蟻、
なぜ空を這っているのか、
いったいどこへ行こうとしているのか、
蟻にはまったく見当もつかないのにちがいない、
ただここではないどこか、
ただ現在ではない未来のどこかへ、
巨大な光に押しつぶされながら、
いっぴきの蟻は、
縫うように、
空を這いつづけている、

13

空を縫いつづけながら、
蟻は視る、
遙かな高みから、
巨大な卵管をゆっくりと滑り降りてくる猫、
昼顔から出て、
一億年を游泳している眼のない魚、
あるいは、
手淫してやまぬいっぽんの秋の樹木、
乾いたまま空を這いあがっている、
数滴のなみだ、

14

一個の死体のような鏡、
一個の死体のようにまざまざと周囲を映し出す鏡、
一個の死体がその死によってまざまざと世界を照らして
　いるそのように、
鏡は鏡であるということによって、
世界を照らしている、

15

「世界の右手とはぐれないように」
その声を、
母の胎内のくらやみで聴いた、
きみも、
そしてぼくも、
その声を忘れたことはない、
しかし世界に、
つなぐべき右手など、
ありはしなかったのだ、
この黄昏れ、
無い右手のことを思って、
世界が、
遠い野火のように、
いつまでも、
途方に暮れている、

16

しずかにまぶたを閉じている事物の感情のかそけさ、
まぶたの裏の絶望の個体にうがたれた二つの空洞、
あらゆる条件のもとでは、
ひとも事物も絶望によって生きることができる、
絶望という地点からむしろ、
かがやかしく歩きはじめることができる、

17

なにも無いということは、
なぜあんなにも、
青く広大なのか、
なにも無いということは、
なぜあんなにも、
新しく伸びやかなのか、
一片の雲でさえ、
その無のかがやく領域に侵入しようとするたびに、
躊躇してしまう、

ひとすじの飛行雲でさえ、
その無のかがやく領域に純白の傷を引くためには、
おびただしい数の悲哀の微塵を、
必要とする、

18

日だまりに、
ノスタルジアの棘がひとつ、
咲いている、
彼方で、
見慣れた午後がひとつ、
削ぎ落とされる、
祈りは樹々の木理を樹液となってのぼり、
掌のさざめきを空にひろげている、
日だまりのなかで、
ぼくはしずかに眼を閉じる、
昼と夜が交互に入れ替わり、
いくつかの星雲が黙ったままぼくを通過してゆく、
瞬時にぼくは老い、
幾億光年かが経過する、
そうして、
日だまりのなかで、
(眼を閉じて)
ぼくは幾度も、
死んだり生まれたりする、

19

それにしても、
ぼくたちの胎生は、
じつにうすぐらいではないか、
みんな老人以上に疲弊して、
生の真昼の盲目へ、
排出されてくるではないか、
かぎりない飢餓と畏怖とが混じりあって、
卵生から胎生への進化が、
蒼醒めている、
すべての細胞の信じつづけた思想のまぶたが、
いま初めて、

鎖骨よりも遙かな氷河期へ、
ひらかれる、

20

鏡という、
残されたたったひとつの命題のなかにこそ、
ぼくたちのいまだ知りえぬ、
純粋空間があるのではないか、
存在がそのまま確固たる存在となり、
非在がそのまま、
確固たる非在となって限りなく発色するような、
そのような純粋空間が、
あるのではないか、
鏡という、
残されたたったひとつの命題のなかにこそ、
まぶしい生存の裸身を有したぼく自身が、
(あるいはきみ自身が)
領土のようにくっきりと、
存在しているのではないか、

想像というものではなく、
明瞭な色あいと呼吸をもって、

21

(想像というものではなく?)
(明瞭な色あいと呼吸をもって?)

22

死者たちの眼の高さを継承しようとして、
銀杏の梢がいっそう盲目になる、
激しくあらがいがたく、
ときおりドアのノブが柔らかいのは、
ノブに立ちあらわれる想像力のせいである、
ぼくは記憶の乳首のあたりを嚙み切る、
するとそこから、
乳白色に腐爛した時間が、
吹き出る、

23

所有すること、
それは、
なおはっきりと、
事物を、
喪失することだ、

24

一本の鉛筆が、
永遠という唾液に濡れて、
そこに在る、
一本の歯ブラシが、
永遠という言葉に乾いて、
そこに在る、
在るという、
事物のおおいなる感情のなかで、
塩の結晶のようにきらきらかがやいている痛み、
永遠という、
ひとつの時空の夢から発せられた視線は、
ときに、
一本の鉛筆と、
一本の歯ブラシを、
虚無の岸辺に打ちあげる、

25

ゆえにそのように、
まず身近な等身大の鏡のまえに、
立ちつくすこと、
その場所こそがきみそのものの場処だ、
その場所こそがぼくそのものの場処だ、
まるで世界の果てでもあるかのように、
そこから世界が反射しはじめる、
きみの、
そしてぼくの、
意味のにがい反転が、
発光しはじめる、
ゆえにそのように、

骨と肉をおおう皮膚ばかりの赤錆びた慣習を抜け出て、
盲目にして豊穣な水銀の表面張力に、
浮上すること、

26

みせかけの輪郭、
みせかけの色彩、
みせかけの感情、
みせかけのぬくもり、
みせかけの部屋のなかで腑わけされている一片の雲、
森の奥の蒼ざめた生殖を了え、
幾本もの柱のなかで死のまぶたを伏せているみせかけの
　鳥、
すでにきみは知りはじめている、
世界が幻影なのではなく、
幻影こそが世界なのだということを、

27

どんな錘りだって、
鏡ほど深く、
死んだひとりの子どもの内側へ降りてゆくことは、
できないだろう、

28

どんな砂漠だって、
鏡ほど激しく、
死んだひとりの子どもの外側で渇くことは、
できないだろう、

29

沈黙にも沸点があるということを、
いつの頃からか知った、
しかしその沸点はまた、
すべての事物を凍らせもする、
沸点の沈黙は、
剃刀の刃をわたり、
ひとすじの強靱な意志の傷を引く、
沸点の沈黙は、

絶望の虹をわたり、
言葉に非意味の光沢を与える、
きみが、
そしてぼくが、
鏡に対峙したまま深い沈黙を獲得しうるのは、
そこで、
死んだまま地平の果てに放置されているひとりの子ども
　の眼差しと、
出会うからである、

30

死んだまま地平の果てに放置されているひとりの子ども
　が、
発育することはない、
そこでは、
いっさいの意味とともに熱も果て、
時間も凍りついている、
凍りついた時間のなかで、
死だけが、
地下深く湧出する水のように新しい、
凍りついた時間のなかで、
地平の果てに放置されているひとりの子どもの死もまた、
みずみずしく、
いつまでも匂いたつようだ、

31

ある日、
地面にいちまいの鏡が置かれる、
（それはあるとき水たまりや湖面でもある）
そのときから鏡は空全体を映し出す、
と同時に、
地球を遙かに突きぬけて、
鏡の下部にもうひとつの、
空までの果てしない負の世界を結像する、
（負の無限空間を結像する）

32

ある日、

世界のはずれにいちまいの鏡が置かれる、
(それが無傷の銅板やステンレスの板であってもかまわ
　ない)
そのときから鏡は世界全体を映し出す、
と同時に、
鏡の背後にもうひとつの、
左右対称のにがい世界を結像する、
(それは生まれるまえに死滅したものたちが想像する経
　験よりにがく)
(不可解な無数の襞をもっている)

33

映し出されているかにみえるものだけを、
信じてはいけない、
閉じられた空間のすぐむこう側から、
ひらかれた空間がつづいているということを、
きみは知らなければいけない、
すなわち、
壁のむこうには舗装道路が、
舗装道路のむこうには建築群が、
建築群のむこうには草原が、
草原のむこうには鳥獣のなきかう森や湖が、
そしてなお、
それら地上のさざめきの彼方には、
漆黒の宇宙が茫漠たる時空の口をあけているということ
　を、
やがて、
スミレの匂いのする最初のひろがりとともに、
鏡が鏡として、
そのおどろくべき全空間を、
きみに、
開示しはじめる、

34

街や森や海、
そしてまた、
茫漠たる時空でさえ、
鏡のなかの世界であるという理由によって、

しずかに閉ざされている、
閉ざされたまま、
いっさいの奥行きを喪なっている、
ここでもまた、
遠近法は、
距離が夢みるまぼろしにしかすぎない、
ひらかれたまま閉じられている世界、
あらゆる事物が、
それ自体であるために必要な距離を剝奪されている世界、
それこそが水銀面に浮上している像というものの全体で
　ある、
つまり、
鏡という想像そのものの表層に世界は、
そしてまた、
いかなる距離と孤独も剝奪された事物の痛みは、
浮上したまま、
閉ざされている、

35

距離こそが個を鮮明にする、
遙かな距離こそが個を美しくする、
きみも、
そしてぼくも、
距離と孤独を喪なうことをこそ、
おそれなければならない、

36

鏡はディティールを一瞥する、
鏡はまた全体を一瞥し、
徐々に腐蝕しながら、
事物から重量を取り去る、
ぼくもまたようやく知りはじめている、
等身大の鏡に浮上しているもうひとりの無量のぼくのた
　めに、
遠い部屋からやってきてぼくは、
いまここにこうして、

くっきりと存在しているのである、
まぎれもない他者としての、
ぼくという肉体の飢餓の手触わりと、
鏡のまえに立っているというそのかがやかしい憎悪によって、

37

鏡のまえでぼくはうつむく、
(ぼくの偶然がうつむく)
鏡のまえでぼくの両腕が垂れる、
(ぼくの偶然の両腕が垂れる)
鏡のまえでぼくは傷つく、
(ぼくの偶然が傷つく)
鏡のまえでぼくは見えない血を流す、
(ぼくの偶然が傷口から血を流す)
鏡のまえでぼくはのけぞる、
(ぼくの偶然がのけぞる)
鏡のまえでぼくは叫びはじめる、
(ぼくの偶然が叫びはじめる)
鏡のまえでぼくは発狂する、
(ぼくの偶然が発狂する)
鏡のまえでぼくは行方不明になる、
(そうしてすべてが行方不明になる)

38

閉じられた空間を拒否してはいけない、
閉じられた空間こそが、
きみに、
そしてぼくに、
深いやすらぎを与えてくれる、
ひらかれた空間を求めるこころこそ、
誤謬そのものである、
ひらかれているとおぼしき空間に解き放たれると同時に、
きみも、
そしてぼくも、
まるで糸が切れた凧のように、
錐もみしながら、
みずからの生存を、

大地に、
叩きつけてしまう、

39

遠い窓のように記憶を失なっている秋、
きみは鞭のようにしなやかである、
ときに、
きみの肉体は、
言葉のようにしげり、
樹木のようにざわめく、
ときに、
地平のようなひろがりをみせ、
谺のようにみずからに還ってくる、
死体に接吻する炎のように輝くきみの眼差し、
秋の黄金色の無名にふせられるきみの睫毛、
そうしてきみは、
鞭のようにしなりながら、
思考の迷宮の繊維を編みあげる、

40

きみから愛を奪おうとするのはむしろ滑稽だ、
きみから奪えるものがあるとすればそれは渇き、
木洩れ陽がきみの横顔で揺れている、
季節はじめの風はきまってきみを性的にする、

41

性的な街、
性的な舗装道路、
性的な街路樹、
性的な鳩、
性的な銃口、
性的な指、
性的な窓、
性的なベッド、
性的な壁、
性的なしみ、
性的な釘、

性的な言葉、
性的な季節、
性的な空、
性的な死、

42

数億年前、
海から出て、
広大な空を見上げ、
空を飛びたいと思った最初の一頭の恐竜のことを、
きみは思う、
その最初の一頭の恐竜の思いは、
ひとすじの小さな血流となり、
やがて大河となり、
気の遠くなるような時の彼方に、
結晶した、
すなわち、
膨大な時は、
すべての骨を孔質にし、
うろこを羽毛と化した、
しなる尾を消滅せしめ、
そのかわりに、
空を飛びたいと思った最初の恐竜の、
希望と絶望の総量を受けてきらめく翼を、
その両側に、
ひろげせしめた、

43

きみの、
そしてぼくの、
頭上に果てしなくひろがっている空を、
飛翔している、
あれは、
鳥ではない、
鳥のかたちをした、
想像力なのだ、

44

部屋のかたちをした闇、
テーブルのかたちをした闇、
椅子のかたちをした闇、
籠のかたちをした闇、
梨のかたちをした闇、
葡萄のかたちをした闇、
罐詰めのかたちをした闇、
時計のかたちをした闇、
闇もまた飛翔しようとして、
それぞれの形態の内部に、
イマージュの羽をひろげようとする、
だがどの闇もけっして飛翔することはない、
飛翔しようという意志のひかりを、
喪失しているからである、

45

壁の表面に、
潮鳴りが、
遠く寄せては、
引いている、
午後をかけ、
壁に耳をあてて、
きみはひとり、
潮鳴りを聴いている、
壁の内部に、
まだきみの知らない海が、
あったのだ、
そこにきみは、
みずからを照らしたナイフで、
深く傷をつける、
潮鳴りは遠のき、
そこから、
ゆっくりと、
壁の内なる海が、
流れ出る、

46

沈黙が、
ただたんに声の不在ではなく、
沈黙そのものとして充実しているように、
暗黒もまた、
光の不在ではなく、
暗黒そのものによって、
限りなく充実している、
——いったい事物が、
いかなる理由によって、
その存在を照らし出されなくてはならないか、
光は事物にその存在を気づかせる、
光は事物の背後に、
ふたたび精神のにがい暗黒を曳く、

47

いかなる時空も、
メビウスの輪の延長に存在する、
みずからの暗黒によって満ち満ちた世界もまた、
ぼくたちの鏡の世界と接がれている、
おおいなるメビウスの輪のなかで、
遙かな暗黒の世界から、
鏡の世界のくびれた上空へ、
おびただしい数の虚無の卵子が、
届けられている、

48

その全身で、
暗黒の世界が、
うっとりと空想しているきみ、
しかし、
弓のように、
すんなりと鏡のまえに立っているきみは、
暗黒の世界にとって、
果てしなく難解である、
きみにとって暗黒は、
きみの一部にしかすぎない、

むしろ、
虚無こそがきみの未来、
虚無こそがきみを新しくし、
さらに香わしくする、

49

そしてなお、
苛酷な条件のなかにあって、
〈個〉とはなにか?
それは、
無限にひろがろうとする空間の感情と、
いっさいを流出してしまおうとする時間のゆるぎない意志に、
激しく嚙みついている虚無の内なる一頭の馬のことである、

50

しずかに夕顔が吸っているうっすらとした空、
きみは夕顔の脊ずいを視ている、

51

黒いビニール袋に入れられて、
死んだ子どもたちはいつも、
どこかの駅のコインロッカーに捨てられる、
そこからそのまま遠い異空間につながれている漆黒の闇のなかで、
死んだ子どもたちは泣くこともなく、
深い眠りに入る、
その柔順なさまはまるで、
生まれるずっとまえからの約束ごとのようにもみえる、
しかしときに、
なにか急にとても大切なことを思い出したかのようにめざめる、
そうしてみずからの死と情念を映し出そうとするのだが、
それらを映し出してくれるはずの鏡を、
どこにも見つけ出すことはできない、

52

品川駅のコインロッカーの中でめざめている死児、
フォルタレザ駅のコインロッカーの中でめざめている死
児、
アンカラ駅のコインロッカーの中でめざめている死児、
アーメダバード駅のコインロッカーの中でめざめている
死児、
ブリスベーン駅のコインロッカーの中でめざめている死
児、
ボルティモア駅のコインロッカーの中でめざめている死
児、
サラトフ駅のコインロッカーの中でめざめている死児、
ホワイナン駅のコインロッカーの中でめざめている死児、
ウロツラフ駅のコインロッカーの中でめざめている死児、

53

〈黄昏は熱ある蝶を嚙みしめよ〉
きみのとても好きな言葉だ、

〈昼を出て濁流となっている一頭の馬〉
きみがその内界に描いてつきぬとても好きな情景だ、

54

路傍の名もない死を選んだもうひとりのきみが、
ホルマリンのにおう皮膚を剝がれて、
解剖台のうえに横たわっている、
なんという美しい形而上学の木理だろう、
意味と非意味とが一体となって、
きみに集合している、
やがてきみは、
きれいな切断面を視せながら、
徐々に分解されてゆく、
最初に両肢が外され、
つぎに両腕と胴体が外される、
なぜそうなのか、
きみには解らない、
ただ事実だけが、
きみにその順序を告げる、

そうして最後に、
きみの見知らぬ若い手が、
きみの頭部を持ち去ると、
もうどこにも、
きみはいない、

55

(虹彩を切り裂かれながらみる夢?)

56

顕微鏡のなかで、
もうひとりのきみは、
ついにいかなる花弁よりも美しい、

57

きみのなにかするどく否定的な意志が、
ときおり激しく世界を反射させる、
きみのなにかするどく否定的な根拠が、
ときおり世界を屈折のなかに歪める、
きみのなにかするどく否定的な習性が、
世界の左右を入れ替える、

58

二億年前の海からやってきて、
一頭の馬が、
真昼の路上に、
海底を吐いている、
じつに蒼い海底である、
きみも、
そしてぼくも、
それほどまでに蒼い海底を、
一度も視たことがない、
あたり一帯は、
海底とともに吐かれた、
藻や泥や眼のない魚の類の蒼さに、
すっかり染まっている、
そうして、
とても苦しそうに海底を吐きつづけながら、

ときおり頭をあげ、
その馬はじっと、
きみを視ている、
それはまるで、
きみがいったい何なのかを、
その馬だけが知っているような、
そんな遙かな見方である、
その両眼に、
海のしずくのような涙と、
とても懐しそうな色を浮かべて、

59

「もはや愛は信じがたい」
というつぶやきのなかにさえ、
すでに虚構の悪臭はただよっている、
世界を翻訳しようとして、
きみは困惑する、
視るということは、
なにを視ないかということである、
書くということは、
なにを書かないかということである、
話すということは、
なにを話さないかということである、
鏡のまえできみは眼を閉じる、
（なにかが視えはじめようとしているのがきみにはわかる）
鏡のまえできみはペンを置く、
（なにかが書かれはじめようとしているのがきみにはわかる）
鏡のまえできみは口を閉じる、
（なにかが語られはじめようとしているのがきみにはわかる）

60

明日を買いにいったまま帰ってこないきみのおとうとの背中が、
やけにくっきりと今日の黄昏れに残っている、
二月の森の奥から一羽の鴉が咥えていった夕焼けは、
まだきみの脳髄の空には届かない、

事物の盲目性についてきみは、
もうずいぶんながいあいだ考えている、
きみの考察によれば、
闇と沈黙によって事物は、
外観からは想像もできぬ広大な内部空間を有している、
きみの、
そしてぼくの、
生存しているこの宇宙とまったく同じように、
そこにもときおりガス状星雲は誕生する、
誕生してはのけぞり、
ちいさな叫び声をあげる、
そのちいさな叫び声を、
きみは、
聴く、

61

きみの記憶の空には、
いつも墜落している一羽の鳥がいる、
たとえその鳥が陽光を受け、
羽毛をきらめかせながら飛翔していたとしても、
きみの記憶の空では、
飛翔そのものがすでに、
墜落の一形態にしか過ぎないのだ、
なぜ墜ちてゆくのか、
きみにも、
その鳥にも、
わからない、
そして、
きみの記憶の空もまた、
無に酷似して際限のないひろがりと高さを有しているから、
きみの一羽の鳥は、
ついに永劫を墜落しつづけるのだ、

62

きみの記憶のテーブルには、
いつも白いクロスがかけられている、
クロスは充分に余分に広く、

テーブルのふちあたりで豊かな水量となり、
ついには円形の滝となって墜ちている、
まさにきみの理想とした、
天動説の具現といえる、
きみの記憶はいつも鮮明で連続的だから、
円形の滝の涸れることはない、
(ときにその水量は)
(きみの記憶の総量からあふれさえする)
そして、
テーブルの上にはいちまいの皿、
肉を削がれた魚のような夜明けがひとつ、

63

鏡もまた、
いつの日にか、
鏡自身の意志と誤謬によって、
増殖しはじめる、
その内奥で、
青い産卵を、
開始しはじめる、
鏡のなかに鏡を、
その鏡のなかにさらなる鏡を、
生み継いでゆくのである、
(三十五億年前のぼくたちの世界に酷似している)
それにしても、
虚無と虚無とがたがいに照らし合いつづけることの、
なんという酷さだろう、
結局その世界もまた、
果てしのない苦悩のなかに浮上するのだ、

64

切り裂かれたまぶたのような窓、
日の肛門へのゴムの管、
受肉する石、
空の内奥で絶望を計量している秤、
徴用される官能の胡桃、
(挽肉器のなかのながい逢い引き)
きみの草原をとり囲むところどころかさぶたの剝げた柵、

あるいは、
存在以前の暗渠へ、
うすあおい記憶の翅をひろげにゆく一個の梨、
月、
そしてなお、
虚無の世界に舌をさし入れている縄の端、

65

深夜、
鏡のある部屋で、
きみは浅い死をねむる、
きみの浅い死のねむりを、
鏡はくっきりと映し出している、
夢はけっしてきみには訪れない、
なぜなら、
鏡のある部屋で浅い死をねむるきみそのものが、
まさしくひとつの夢なのだから、
夢をみず浅い死をねむりつづけるきみはしかし、
きみ自身がまぎれもなくひとつの夢であるという十全の
事実によって、
間断なくきみ自身を覚醒しつづける、

66

疲労して、
きみはめざめる、
ひとつの覚醒から、
あらたなひとつの覚醒へ入ってゆく、
木理のない椅子にすわり、
意志のない朝を受け取る、
悪い血のようなコーヒーを飲み、
終末近い表情の街へ、
疲労したまま、
きみは出かける、
(きみの喪失した言葉を探しにゆく)
きみの絶望を擦過してゆくものたちの美しさ、
街の頭上ですっかり腐爛している昼の月、
雑踏のなかで、
きみの耳は、

いつも、
溺死する、

67

きみもまた、
きみの生きてきたそれぞれの岐路で、
いくつものきみ自身を捨ててきた、
捨てられるとき、
きみの分身たちはきまって、
とても哀しそうな眼つきをしたが、
きみはことさらに知らぬ素振りをした、
しかしそのとき、
きみ自身もまた、
身を引きちぎられる、
痛苦のさなかにあったのだ、
そうして、
きみのそれぞれの分身たちは、
いくつもの街角をまがり、
さまざまな路地へ、
消えていった、
わかりきったことだが、
彼らが二度と帰ってくることはない、

68

夕暮れ、
鏡の世界へ、
きみのぬけがらが、
帰ってくる、

69

鏡のまえできみは孤独である、
（きみの必然が孤独である）
鏡のまえできみは笑おうとする、
（きみの必然が笑おうとする）
鏡のまえできみは涙ぐむ、
（きみの必然が涙ぐむ）
鏡のまえできみはふるえる、
（きみの必然がふるえる）

鏡のまえできみはもう何も思い出すことができない、
（きみの必然が何も思い出すことができない）
鏡のまえできみは羽ばたこうとしてくるしむ、
（きみの必然が羽ばたこうとしてくるしむ）
鏡のまえできみは逆流しはじめる、
（きみの必然が逆流しはじめる）
鏡のまえできみはついに濁流となる、
（きみの必然がついに濁流となる）

70

鏡の世界では、
過去はむしろ、
未来の方からやってくる、
一億五〇〇〇万年前、
シダ類やイチョウの類が繁茂し、
アンモナイトや爬虫類が全盛をきわめ、
始祖鳥が空を飛んでいたあのジュラ紀でさえ、
まるでかがやかしい未来であるかのように、
きみの、

そしてぼくの、
遙かな視線の彼方にある、
（遙かな彼方から）
（きみと）
（そしてぼくを）
（うるんだ眼をして）
（じっと）
（視ている）

71

〈馬頭星雲〉
その名前を、
まるで憧憬そのもののように、
きみは聴いた、
地球から一〇〇〇光年の距離、
あのオリオンの三つ星のひとつ、
アルニタクの近くにある暗黒の星雲、
その激しく苦悩してたてがみを振りたてる暗黒の馬の頭部を、

まるで希望そのもののように、
きみは、
きみの脳髄の朝焼けに、
刻印した、

72

〈前方に在る〉
というただひとつの理由によって、
未来というものが決定されるのであれば、
鏡こそがまさしく、
未来そのものであるだろう、
きみと、
そしてぼくにとって、
ただ荒漠と吹きぬける時空が、
未来というものの実体であっていいわけがない、
きみとぼくにとって未来は、
いつもみずみずしい生存の切口、
触れればひりひりと痛く、
そこから限りない時空の血流が、
湧出する、

73

死体と同じように、
鏡のなかの世界もまた、
徐々に進化している、
だれも知らないところで地図をつくり、
見知らぬ街路を造成している、
しかしそれらは、
永遠に名づけられることはない、
やがて近い日に、
それら街路のひとつひとつを、
みずからの影とともに通り過ぎるであろう、
きみも、
そしてぼくも、
永遠に、
無名となる、

74

きみは遠い雷鳴を脱ぎ捨てる、
きみはかすかな溜息を脱ぎ捨てる、
きみはなおもきみにしなだれかかろうとする今日の午後
　を脱ぎ、
きみに名残り惜しそうなぬくもりを脱ぎ捨てる、
きみはあらゆる言葉を脱ぎ、
名前を脱ぎ、
いつもどこかで行き止まる狭い路地を脱ぎ捨てる、
きみは約束を脱ぎ、
きみは生殖を脱ぎ、
死を脱ぎ、
不幸な記憶や、
きみを待っているかも知れない小さな幸福や、
愛の切れ端や、
想像力を、
きみは脱ぎ捨てる、
そうしてきみは、
次第にきみ自身を新しくしてゆくのだが、
しかし、
真実きみが脱ぎはじめたのは、
むしろ、
〈意味〉というものだ、

75

きみも、
そしてぼくも、
みずからのもっとも深いところに存在しているいちまい
　の鏡のことを、
知りはじめている、
内界の鏡には、
いささかの歪みも、
曇りもない、
無音をさえ感じさせる内界の、
かすかな血のせせらぎのなかで、
無とともに、
世界の全体を、

映し出している、
きみの、
そしてぼくの、
この位置こそが、
世界の最果てであったのかも知れぬ、
じっと凝視していると、
内界の鏡に、
ときおり、
まるで幻そのもののように、
なにかを噛もうとして激しく苦悩している一頭の馬が、
立ちあらわれる、

76

遠い日、
黒いビニール袋に入れられて、
駅のコインロッカーに捨てられていたきみ、
なんという名まえの駅だったか、
きみにはもう想い出せない、
死も情愛も、
憎悪さえもすでに希薄である、
きみの歩いてきた背後には、
一五〇億光年の黄昏れがひろがっている、
いままさに削ぎ落とされようとして苦悶するひとつの意味の黄昏れである、
そうしてすこしうつむき加減であったきみのあおむく前方には、
新しい一五〇億光年の朝焼けがひろがっている、
きみの、
そしてぼくの、
新しい生存のひろがりである、
その真新しい一五〇億光年の朝焼けに、
はにかみながら、
きみは、
まるで誕生したばかりの最初の一個の細胞のように、
まぶしく、
挨拶する、

（『鏡』一九九三年ジャプラン刊）

詩集〈梨花の時間〉から

いっすいの夢

あらゆるものが刺しつらぬかれたいと願う
一錐の
夢

匿名

眼が
僕を
つむる
最初の類似まで
さかのぼろうと
する

国境

川に沿って
国境が流れている

殺戮の美しい国

坂の上の夕焼けを梱包して
新しい僕がやってくる

咲きみだれる

死生児を生んだ
山頂そびえる歯科医院の椅子の上で
のけぞり
内臓という
観念に咲きみだれて

梨花の時間

死後をやめなさいと
担当の教師は言った
梨花の時間のことである
しかし
それがどんな寡黙の授業であれ
陽射しあふれる午後の教室というものは
死後で満ちているものだ
ましてや
物質の柔力に関する時間でのことである
だれも死後をやめたりなんかしない
頬杖をついたり
体を半身にしながら
みんな
明かるい
死後の柔力のなかにいた

コインランドリー

僕は死体
君と死体
君と初めて会った
あの街角のコインランドリーの
終夜にわたる白々としたひかりのなかで
僕は死体
君と死体
脱水槽や乾燥機のまえで
君はおどろくほど純真なしたいを見せるだろう
すこし破れたビニールレザーのソファーの上で
君は限りなく淫らなしたいを見せるだろう
夜が明け
ひとびとの物見だかい喧噪が
このコインランドリーを押しつつむまで
僕は死体
幾度も幾度も
君と

うしろから
死体

語尾

とある町のほとりで
どこに澄んでいるの?
と
その子はきいた
わずかに首をかしげながら
まるで
だれもが
どこにでも澄むことができる
というような
じつにさりげないききかただった
しかし
それからの僕は
いつも自分に
問いかける
いったい僕は
どこに澄んでいるのだろう?
と
そう問いかけては
遠く見知らぬ砂漠のように
いつも
語尾を
濁らせている

路地

側溝が
一匹の蟹へ
消えるとき
路地を咲かせているのはスミレ
灯りがともそうとしているのは窓

夕景に属そうとして
欲望は
僕を
断ちがたく
側溝が
一匹の蟹へ
消えるとき
僕は
ほほえみで
顔を
返す

崖

そこに
崖が
あるのではない
そこに
原初から
まぶしく屹立するものが
あるのではない
深い
ひとつの投身から
崖は
這いあがってくるのだ

花

明かるければ
閉じ
暗ければ

ひらく
眼のなかの
花
まるで
僕たちの
新しい
精神のような

（『梨花の時間』二〇〇一年ジャプラン刊）

詩集〈梨果の時間Ⅰ〉から

箱

仮死の箱をもって
君は
やってくる
そうして君は
すべてが幻界だと言う

夕蠅

きわめて愁麗な陸橋の今日の夕蠅
そこから
君の昨日が
低下している

見はるかす
遙かな君の幻視時代
かつては
燦然と君自身を照らした
君の昨日法

だが
君の昨日法とは
きわめて愁麗な陸橋の今日の夕蝿の
複眼の
その泡構造を流れる
油膜の
虹の
切片
に
すぎない

うっとりと
消滅が夢みている

君
うっすらと
微笑が浮かべている
君

血には
君が
流れている
血には
君が
泡立っている

きわめて愁麗な陸橋の今日の夕蝿を
ジャムのように煮つめて
ゆっくりと
君が
降りてくる

想念Ⅰ

鳥は殺されたその位置から墜ちてくる。すなわち墜落とは殺された位置からの剝落にほかならない。激しく剝落しながら鳥たちがきつく眼を閉じているのは、自らが剝落しはじめたその位置を忘れまいとするひとつの想念の姿なのだ。

想念Ⅱ

野は殺された一匹の鼠の位置から広がってくる。すなわち広がりとは殺されたものからの情念の果てしない逃亡にすぎない。激しく逃亡しながら野という野のすべての瞳孔が花びらのように拡散しているのは、自らが逃亡しはじめたその位置を決して想い出すまいとするひとつの想念の姿なのだ。

死都

死都死都と
雨を濡らしているのは
屋根
街灯であり
街灯のひかりに
鳥肌をさざめかせている
街路樹の影である

波うつ毛様のものからしたたらせることによって
さらに激しく雨を濡らしているのは
猫である
死んでなお死都を方向してやまぬ
一匹の猫である
肉々しげに肉を法《フラン》しながら
死の起源を
探している

もはやなにものも
愛の地平へは
孵らない
路上に流れでる窓のあかりのように
すべてが駅状化しながら
雨の心臓をともす漆黒のひかりになろうとして
ただ
鮫々と
泣いているだけだ

相似時間

昼食を終え
昼休み終了のチャイムが鳴ると
相似時間である
それまでの
個々に解き放たれていた感性が
嘘のように静かだ
みんなは　たんに
柔順をよそおっているだけなのだが
誰もそれを咎めはしない
めいめいが
めいめいの場所で
ただ自らを殺しながら
その白痴的な聡明さを相似する
その盲目的な明示性を相似する
この懶惰な世界では
恥情を掃き
狂疾を拭き清めることが
眩しいのだ
やがて相似は果たされる
死後をかわす間もなくチャイムが鳴る
相似時間の終了である
だが
個々に解き放たれていた感性は
もう還らない
みんなわずかにざわめきながら

相似のあとの
午後の寡黙に
入ってゆく

激情

ごらん
ここが
僕らの
激情の
跡だ
声の鳥たちを飛翔させては
肉体への憎悪に満ち
殺意の刃渡にゆらめいては
愛の幻想にむせた
ごらん
ここが
僕らの
激情の
跡だ

ジギタリスの花を咲かせている

親密な構造

挨拶《わたし》は私有の終りを雲となって裂ける
名前《わたし》は〈非〉を嘆く鏡の素顔を盗み見る
欠落《わたし》は琺瑯質の暗喩を三千年後にまとう
堕落《わたし》は錆びた釘の夜明けへ朝の受胎を告げる
腐臭《わたし》はA街区から出て純白な瞬間に至る
覚醒《わたし》は星間をただよう黄金のカボチャを食べる
距離《わたし》は稲妻と薔薇を美の刑場へいざなう
陶酔《わたし》は精巣の婦人に墜落しようとして音にねばりつく
他者《わたし》は後天的マッスの運動形態の外に流れて肥大する
孵化《わたし》は大理石の鳥の飛翔を奪還するために緋の涙に暮れる

類似《わたし》は水銀の無毛の公有権を叫び無の牢獄につながれる
想像《わたし》は純粋無垢な泥として死念にめざめ想像《わたし》のいっさい
　を記述する

谺

狼狽の
咲き乱れる
山頂の庭を
僕らは
俳諧した
人に非ざるものとして
狼狽の高みに裂き淫れる
青い氷層を
みつめた

それから僕らは
非のひかりに充ちた詩界にすわり
言葉について
言葉の寺について
語りあった
言葉が
死後そのものとしてめざめるために
言葉は
一度
死の深淵にまで
降りていかなければならないということ
そのために
言葉の寺に石碑はいらず
紙碑こそが
似つかわしいのだということを

言葉はまた
事の歯である
夕刻ちかく
僕らは
谷の深みへ降りた

そうして僕らは
狼狽の空に韻きわたる僕ら自身
一対の
谷の牙と
化した

（『梨果の時間Ⅰ』二〇〇三年ジャプラン刊）

詩集〈犀〉全篇

形状記憶

夕日を呑んだ記憶が形状化した犀

彼は知っている
水とは
怖るべき渇きを
溶けているということ
生きるとは
ただひとつの出自を
総毛立っているということ

死の、
照り返しの、
毛状の、
森。

死すべき、
無名のなかの、
ひとり。

もし死の滅びるときのあれば
眼を閉じて
錯乱した樹木を
捨てる
遠くまで
無臭のまなざしを
買いにゆく

柵

濁るという
もうひとつの
厳然たる澄み方
その厳然たる澄み方において

扉たちが待ち受けるのは
破砕して血をけぶる空の子宮の夜明け
縊死のまぶしい一茎の夕暮れ

むしろ世界は
誤読されることによって
それ自身である
扉であるとは
この、じつに親しげな誤謬の明澄性に
まぶされて在るということだ

扉にはつねに二つに裂けて澄む新しい川がある
扉たちは
夜明けの午後にいて
未生のものたちの影がつくる柵を
見つめている

鎖

夢をみるという
もうひとつの
扇状的なめざめ方
その現前の在りようにおいて
犀たちはかつて一度も夢をみたことがない
犀たちの夢に立ちあらわれるのは
死んだ犀のみている夢
太古よりひとつらなりの鎖につながれている
死んだ犀たちの夢である

痛点

銃殺された一頭の水牛の眼のなかを
よぎる
ハゲワシに摑まれて初めて空を飛翔する子兎の
血まみれの吐息に触れる

遠い稲妻を
うなだれた樹木の肩にかけてゆく

死地に向かう象の背後の
怖しく静かな崖を見つめる

世界の始源を憶い出そうとして苦しんでいる水たまりの
絶望的にひらかれた瞳孔を盗む

死せるものたちの
動悸に噎せている夜明けを過ぎ
今日の真昼が射精している丘
犀の痛点に来て
熟れる

時間の骨

叫びながら
一頭の蝶が
昨日の空をわたる
きりきりと
蟻たちの歯が
明日の地を嚙んでいる

あらがってもあらがってもせりだす
時間の骨
しろい固形の谺
その突起様のひとつひとつへ
眼で
歯形を
つけてゆく

野にあっては
いかなる時間的遠近法も
夢想にすぎない
すべての植物群もまた
目蔭を濃くして
見慣れぬ時間の金属疲労に困惑している

亡命への
めまいの
明かるさ

しんとした
犀の草原の
発狂である

濃度

どれほど眠っても
犀の河原の夢をみる
犀限もなく

犀生するひかりに
襲われる

しかし
夢それじたいもまた
犀禍にまみれている
環流することで
わたしをくわだて
眼の縁に
犀の輪廻を
さざめかす

夢の臓腑のほどけるきわみ
ついに一頭の犀である地点で
わたしは犀をあふれでる
一万年前である昨日と
同じ濃度に
なる

牢

そうして
わたしが犀である
わたしが孵った一点に
草原があつまってくる
わたしに揺らめいてやまぬ水の体毛
わたしに欲情してむせる草々の息
いま　わたしをどれほど細かく分離しようと
すなわちわたしは
犀の体臭としてあふれるだろう

だが
いかなる地平も
犀であるわたしを想像したことがない
犀であるわたしを送像するために
わたしは
遠いわたしを
呼び出さなければならない

地平という地平に立ちゆらぐ
ひかりの格子の牢
わたし不在の
牢の
まぶしさ
扉の音《ね》をなだれて
いま
わたしに
どんな非在が
照り映えているのか

そうして
わたしが扉である
遠い血を草色にけぶらせて
遠いわたしが
やってくる

正午

正午とは
他界の影が
いっせいにこちらへ
倒れてくる時刻のことだ
他界の影は
ぶ厚く
白い
そのとき
この地の影のいっさいが
消滅する

物象とはむしろ
影によって彫刻されたものである
他界の影に塗りこめられ
形を剝奪されたものを
物象と呼ぶことはできない

この正午
わたしもまた
他界の影に
塗りこめられている
一頭の犀として
世界の果てまで
みずからを消失している

犀生の日

しかし
犀であるわたしは
いったい何に対して
かくも猛々しく
角を生やしているのか
遙かな頭上にではなく
みずからの顔の
その
中心に

眼をあければ
自分の角が見える
草原も
そのむこうの森や山脈も
自分の角が圧している
その誇らしげな角の前に
いかなる敵が存在しえただろう

しかし
おそらくはそこに
犀であるわたしの
衰弱した幻想の環流がある

おお、この野の、非在なるものの過剰
わたしの喉元にこみあげてはあふれでる物質の無量
もし、それをこそ言葉というなら
殺せ、行きまどう虹のひと色

殺せ、この野の、偶然の匿名の真昼

そうして
わたしは目撃する
草原の果てから現われて
じっとわたしを見つめている一頭の犀
まるでもうひとつの世界の尖鋭な夕映えを
突き殺してきたかのような血の角

死せるものたちからも拒絶された
それが
わたしだ

犀の音《ね》

あの
一頭の犀のまなざしが溶けているあたり
あおあおと繁茂している

あれが死
あれが情欲

あの
一頭の犀のこころが透きとおっている高み
死せる犀を奏でる
あれが犀の音《ね》
鞭の音

裸形のまひる
犀の音《ね》にいろどられて
わたしたちが一頭の犀である
千年もの過去の未来から
増殖をくりかえし
野の
濁流と
なる

犀の河原

犀の眼を転がしていると
犀の河原に出る
いっさいは影にしかすぎないから
さまざまな形状の影たちと
影に浮きあがっている鳥肌のようなものを
踏んで遊ぶ
だが
犀の河原の石には
影がない
仕方がないので
石は
眼で
積み上げる
そうして
犀の河原の石の
新しい可能性をつくりだそうとするのだが
石に
影ができることはない
眼で
積み上げていると
影のない石が
死んだ子供の犀であることがわかる
永劫という死後の観念に洗われて
どの石もみな
石としての丸みを形づくっているが
どの石にも
ひとつかふたつ
小さな突起がある
死んだ子供の犀たちの
いまなお抗いがたい
情念の角の痕跡である

破船

空も
かつては溺れた
だから
空は
洪水の水位の高さで
あんなにも
溺死を
澄んでいる

記憶の海が引いてゆくと
犀の河原の空に
一艘の船が現われる
泥と樹木とでつくられた
かつてのわたしたちの船である
空の岩礁に難破したまま
日に洗われて
朽ちることがない

いまになってわたしは思う
あの船はやはり
つくられるべきではなかった
わたしたちもまた
あの船に乗るべきではなかったのだと
それを知っているから
あの船は
空の溺死の水位で
いまなお
絶えざる後悔を
かがよわせているのだ

砂の犀

広大に死んでいることの明かるさ
砂漠とは
天上の砂時計から落ちた

時間の砂粒の
死せる全量である

堆積する時間の砂粒の内質で
肉化しては腐る天上の記憶
その、もうひとつの空に
もはや誰のものでもない思想をひろげては
自爆しつづける鳥の祝祭
太陽の魚もまた
自爆のさなかで
あんなにも鮮やかに
火の鰭をひるがえしている

広大に死んでいることの明かるさ
その中で
砂の臓器を奪いあっているものたちよ
砂の声紋を買いあさっているものたちよ
わたしはわたしから失踪する
砂の性器をけぶらせながら

もうひとつの砂の性器へ
歩いてゆく

淫スピレーションの犀

草原の情欲へ
一頭の犀を点火する
ついに犀的な疾走である
彼は走る
白色の虚無から
彼は走る
肉色の虚無へと

汝、姦淫せよ
淫スピレーションの犀
狂おしいその髪を
空いっぱいに波打たせている樹木
この野の上で

発情してやまぬひかりの性器を
汝、姦淫せよ
淫スピレーションの扉
水の胎内に生まれては耀よう
水の蝶の群れ
時の崖をなだれ墜ちる
無数の日輪のひとつを

ここが涯て
ここが中心
ここが終末
ここが未来

痣

無限に殴打されつづけているもの
それが草原の頭上というものであるなら

眩しいほどにも輝やいている
あれは
永遠に消えることのない痣
しかすがに
夕べにはその一画が破れる
そこから
痛みと血膿が
吹き出す

痣を痣として映すこと
それがとりもなおさず鏡というものの肉質
そうであるなら
沼こそが草原の鏡
水の肉質に痣を移し
夕べには
みずからの肉芽として
血膿をあふれる

それでもなお

沼は
痣の痛みをあふれることはできない
痣の痛みを移すため
沼は
その眼の縁に
一頭の犀を
呼び出さなければならない

瀑布

そうしてわたしは犀である
毛管現象にめざめる忿怒であり
摩天楼の空で発情する一本の避雷針である
切断された樹々にかがよう断肢幻覚であり
希望というものが執拗に隠し持っている歯ぎしりである
朝毎に子どもたちの部屋で扼殺される一条の川であり
気づかわしげに隷属しては泡立ついっさいの終わりの始
まりである
あやめに水音を強制する犀であり
一塊の夕暮れが振り返っている犀であり
どぶくさい運河の白色乳状の独白であり
木洩れ日という差恥の鱗の犀であり
水が見残した夢を惜し気もなく捨てている瀑布である

溶ける

黄昏れる水の
黄金の舌
と
舌
を
からめていると
どの犀も
おもむろに溶けはじめる
夕日を呑む前の記憶がやってきて
どうしようもなく

原初の液化を
うながすのだ

溶けながらいつも犀は思う
ゆいいつ、ひとりでに溶けてゆけるのが犀であるなら
この頭上の空もまた
溶けつつある犀の舌とからみあう
みずからの舌を夢みて
ひときわざらつかせているにちがいない

溶けるという
ひどく渇いた離愁の果て
溶けながら
なお願うべきは憎悪
この巨大な落日の
溶けざる憎悪の的であること

やがて草原にも
落日の火が放たれる

草原を焼きつくしたあと
ミルク色の月がのぼる
ミルク状のひかりは野に流れ
溶けてなお溶けざる犀の情念を
犀生するその刻まで
ひたしつづけているだろう

空蟬の犀

犀の耳骨のしろい夜
ときおりわたしは
自分が一頭の犀の外へ出ているのを
感じる
そのとき犀の耳骨は
わたしのふいの羽音を
その全量で捕捉しているにちがいない

一頭の犀の外

そこは
すでに草原などではなく
むしろ時間の外という感じだ
悪意の尾を捨て
死を鋼鉄のように鎧う形態から出て
わたしは
わたしがもうどこにも存在しないほどにも自由だ

もちろん
草原に取り残された犀もまた
わたしからふいに解かれて
空蟬のように自由であるだろう
わたしのいないがらんどうの内側には
わたしの替りの月光の死魚が
ひかりの鱗と音を
噎せかえるほどにもびっしりと
貼りつけているだろう

潮鳴り

一頭の犀がめざめるということは
犀の内界にきざしたすべての草原が
めざめるということだ
千年前の野の気流のむきだしの飢えが
千年後の野に脱皮する新しいひかりが
敗北でも勝利でもなく
犀であるわたしの血の潮鳴りとして
めざめるということだ

めざめるべき野の沖へ漕いでゆく一艘の舟
わたしの遠い内部
犀という岩礁の沖
そこに座礁しているおびただしい舟
ひときわ高まっては衰亡するわたしの潮鳴り

ゆえに、
眼をひらくとき、

わたしはいつも座礁している。
高い潮鳴りのなかにいる。

朝

殺戮のまぶしい朝
きのうの森に
きのうの犀《わたし》が倒れている
きのうの犀《わたし》の言葉が
鮮明に
起ちあがっている

《頭蓋に打ちおろされたとき
《叫んでいたのは
《犀《わたし》ではない
《きのうの斧である

《脳髄にまで達したとき
《裂けていたのは
《犀《わたし》ではない
《きのうの斧である

《血潮が森を濡らしたとき
《激しく動悸していたのは
《犀《わたし》ではない
《きのうの斧である

殺戮のまぶしい朝
きょうの森に
きょうの犀《わたし》は
どこにもいない
きのうの斧の動悸も
行方不明だ

おとうと

来歴を鎧状の声にあざむかれて
誰も犀であることをまぬがれない

昨日の銃弾に撃ち抜かれようとして
いままた激しく身震う一頭の死滅せる犀
それがわたしのおとうとである

（『犀』二〇〇四年思潮社刊）

詩集〈屍姦の都市論〉全篇

屍姦の都市論

死者たちの夢みた都市
「この都市は誰がつくった?
死者たちがこたえた
「わたしたちがつくった
「この都市の真の住民はわたしたちである

この未明、死者たちの眼の内奥で都市はまだ眠っている。都市の頭上は、闇への隷属のまま、ざらつく鳥肌を匿している。都市のまどろみに吊るされているのは夢。すでに全身を傷口と化した袋状の夢である。いま、都市のまどろみに吊るされた夢がひときわくきやかに見えるのは、やがて明けようとする永遠の一日へのおののきが、袋状の夢の傷口を、さらに鮮明に裂いているからである。

夢もまた化膿する。全天の星をもってしても夢の化膿を停止させることはできない。むしろ、衰弱せる闇の眼のまたたきとして生成される星々によって、夢の化膿はいっそう激しく促されているかに見える。いまでは、一本の針でさえ、その袋状の夢の化膿を、ただの一刺しで、破裂させることが可能であるように思われる。

だが、夢をみつづけることによって初めて、夢は夢でありうる。夢みることを断念した夢を、夢と呼ぶわけにはいかない。夢が夢であるために、夢は、未来永劫、夢をみつづけなければならない。夢において、その定理はおどろくほど厳格である。それでもなお、この都市のそれをしも夢というなら、それは永遠に孵化しない夢。すでに化膿しきった未来、停止せる永劫に吊るされた、袋状の夢である。

鉄であるということの哀しみが液状化する都市の未明。どんな想念よりも暗く、古代の、鉄の感情の内府へとつながれる。その感情の内府の寓意に、かつて掠め取られた月が浮いている。行方さえ捨てて、月は限りなく痩せている。その月を見るたびに死者たちは思う。「死もまた、それじたいではまったくの未完結である。と

鉄の哀しみの柔毛の朝露。この都市に眼覚めようとするものは、まずその球状の皮膚の無毛に映される。死者たちの驚愕、それに付随するまばたきでさえもが、例外ではない。だが、この都市にあって、真に眼覚めうるものは何もない。この都市における眼覚めとは、ひとつの眠りから次なる眠りへの移行にすぎない。流露する知の孤独のどんな救済もなく、ただ一回性の遠近法のうちに、事物の眠りは移される。

もとより、名ざされることによって、事物は鮮明にそれ

じたいを喪失する。都市とは、名ざされることによって、すでにそれじたいを喪失した事物の総体にほかならない。こうして、この都市にあっても、事物より先に影が眼覚める。もちろん、この影の眼覚めもまた、ひとつの眠りから次なる眠りへの移行にすぎない。だが、固有という幻想の孤立においては、むしろ、事物における眼覚めより、影の方がひときわ秀れているかに見える。その固有という幻想の影に、声が咲く。咲き乱れる。しかし、その声も、やがては見せかけの連帯を生み、絶えざる欺瞞のうちに、声であるという事実を忘失してしまう。

この都市においては、憎悪が、もっとも素早く萌芽する。憎悪は、あらゆる情感に対して先見となり、美質となる。殺戮は、その憎悪の美質にいち早く干渉する。真新しい死者の眼を、怖るべき精緻さで裂き、その怖るべき精緻さのうちに、今日という憎悪の、さらなる情感の発明をうながす。

すべての事物の盲目を上昇する最初の一滴の空。それは、空無の巨大な膣孔を這いあがる一匹の精虫のようにおののく。ときに激しく震えては、間断なく眼覚めようとする。だが、ここにおいても、真の眼覚めはやってこない。地底にあって眼覚めえぬものが、どうして上昇においてのみ眼覚めることができるだろう。その絶望のままに、最初の一滴の空は上昇し、滲む。最初の一滴の空に追随する空の滴の限りなく、ついに空は総体として、あふれる。どれほど眼をこらしてみても、最初の一滴の空がどこに滲んでいるのか、死者たちでさえわからなくなる。

すべては変転すべくもない。始まりとはいっさいの終わりの始まりにすぎない。終焉に終わりがあるのと同じ理性で、始まりに始まりがあるわけではない。この都市においても、希望とは絶望の錯誤の花弁である。その、果て。その、果ての果てにしかない真実の果て。今日もまた、朝焼けの背後を昨日の夕焼けが嚙んでいる。血が噴いている。その光景を見ながら、死者たちはいちように一匹の蛇を想い浮かべる。みずからの尻尾を呑みこんで苦悩する、一匹の時空の円環の蛇を。

もちろん、死者たちは誰ひとりとして地動説を信じてはいない。高みからならば一目瞭然である。というより、そういったことはむしろ、想念においてのみ決定されるべきことである。天動説も地動説も、死者の想念の所産にすぎない。かたちづくられると同時に、すでに静かに退廃が爛熟している空。煉獄の火を模倣しようとしては、敗亡しつづける太陽。それら植物的な運行の類似の下にあって、地はどこまでもたいらで安寧だ。海でさえもが、都市という幻影の城塞で囲まれている。

この都市において、地の果ては都市の中心に存在すると言ったら、死者たちは驚愕するだろうか。いやいや、誰ひとりとして驚愕したりなんかしない。ただ、死者たちのいつものたわむれのひとつとして、とりあえずは驚愕したふりをしてみせるだろう。だが、すぐに衆知の微笑が死者たちの表情の木理となるにちがいない。この都市において、地の果てはまさしく都市の中心にほかならないからである。中心の広場、都市の大脳とでもいうべき位置に構築された巨大な円筒状の鏡が、それである。その鏡面はたえず死界を凪ぎ、いかなるときにも曇らない。いささかも狂わざる円周率の苦悩において、たいらな世界のすべてが映っている。もちろん地の果てである都市の城塞までもが。鏡塔それじたいが地の果てと化しているのである。あるいは、その鏡塔の実在において、もはや都市全体が、地の果てそのものであるといった方が正しいかもしれない。

いっさいを地の果てと化して鏡面を疾走する都市。いっさいが一望される痛苦において鏡面を失踪する都市。その巨大な円筒状の鏡には、誰も映って帰るすべがない。非在であることにおいて初めて実在と化す死者たちでさえもが、鏡面ではいつも行方不明となる。

ひときわ明かるく盲目的な都市の窓枠にそってエーテルが発情している。エーテルの発情にはきまって死者たちのさまざまな形状の手が添えられる。ときに、エーテルよりも死者たちの手の発情の方があらわなことがあるが、それは、いかなる場合においてもさほど重要なことではない。重要なのは、ここでも手がすべて残像としてあるということだ。それが生あるものの手であっても状況は変わらない。ひときわ明かるい都市の窓枠にあって、手は、瞬時に敗亡する。すべての窓枠に残像を置いたまま、手は、いつでもどこでも敗走しつづける。

都市が胎児のままであるということ。時空の子宮の羊水に浮遊したまま、かたく眼を閉じ、すでに死滅しつつあるということ。その未成熟なリビドーの、先天的な倒錯の溺死を、死者たちもまた止揚することができないということ。

一瞬を永遠で満たす——ここでもそれがただひとつの思想となる。時間は一瞬のうちに滅び、一瞬のうちに新生する。その新生は過去における時間とはいかなる連関もない。ゆいいつ再生するのは、現在という時間の憎悪の不意打ちだけである。したがって、この都市の時間は垂直に流れる。あるいは、その垂直性を、瞬時に死滅した時間の落下と名付けてもいい。当然のように、高層ビルの内部でその構図はいちぢるしい。層をなして時間は墜ち、しぶきをあげる。死者たちはそれを〈時間の瀑布〉と呼んでいる。都市が滅び、高層ビルがついえても〈時間の瀑布〉が消えることはない。〈時間の瀑布〉もまた、形状記憶への属性を余儀なくされているのである。時間の総量が涸渇するそのときまで、それは、まるで無にあらがう巨大なペニスのように、そのまま屹立しつづける。

すなわち、時間を生きるとは、墜落を現象するということにほかならない。崖が眩しくかがやかしいのは、つねに墜落するものの精神を鮮明にしているからである。そうであるなら、この都市にあって、どうして墜落する精神を忌避しなければならないわけがあるだろう。墜落する精神を受容することこそが、いっさいの祝福を招じ入れることなのだ。この都市の頭上にも多くの崖がある。死者たちは喜々としてその墜落の高みにのぼる。墜落の至福をさらに明きらかにしようとして、死者たちは、次々とそこから投身しつづける。

だが、真の自由とは、無限の時空に遊ぶことである。そうして、真の自由は、閉ざされた世界にしか生まれない。激しく閉ざされることによって、いっさいは激しく開かれるのだ。まさしくメビウスの環のように、無限もまた、完全に閉ざされた球体の、内なる鏡の反映の中に生まれ出るのである。しかし、その無限を体現できるのは、死んだ子供の影のない心だけだ。完全に内閉した球体、すなわち、浮遊せる完全な卵には死者以外の誰も入ることができず、仮に入れたとしても、彼らはそこで、みずからの心の肉の、酷い連鎖に出会うだけである。

永遠の正午。空に流れる酢。嘲笑の鋳型。捏造された和解。かつて巨大な一羽の鳥であった風。神話の孵化装置。ひとすじの氷河を飼うコロニー。澄みきった空に浮き出る死斑。正午とはいっさいを喪なうための一瞬の永遠である。正午においては絶対的な喪失こそがかがやかしい。

それが幸いなことなのかどうか、死者たちでさえ判断しかねるのだが、いまだにこの都市の人々の眼は、なにものも視てはいない。というより、この都市の人々の視るものはすべて、死者たちの視るものである。まなざしのいっさいが、死者たちの眼より注がれ、事物の結像する網膜でさえもが、もっと切実に、二重構造としての死者たちのものである。結局、この都市の人々の眼の茫漠とした遠さは、死者たちの眼への限りない遠さとして浮上する。

眼をひらくということ。その果てしのない昏さ。その昏さの果てしなさにおいて、砂漠が眼の中に現象する。驚くべきは、人々の個々の砂漠が、それぞれの眼の内奥でつながっているという事実である。すべての人々は、その眼の中に、まったく同じ砂漠を広げ、まったく同じ砂紋の陰翳を、引いている。

それぞれの建築からいっきに伸びあがり、避雷針が真に待ち受けているもの。それはむしろ、避雷針を引き裂くかたちでやってくる。それはむしろ、避雷針を盲しいさせ、みみしいにする。それはむしろ、避雷針であることを忘失させ、それじたいを虚ろで満たす。それが〈読みの国のことば〉である。だが、それは、受針するやいなや、ふたたび〈読みの国〉に逃げてしまう。結局それは、この都市の死者たちにさえ届かない。

そうであるなら、高層ビルの屋上ほど、白芥子の花にふさわしい場所はないだろう。白芥子の花の乳白色の眠りが、高層ビルの屋上を、天上界へ溶かすからである。白芥子の花の眠りが深ければ深いほど、屋上は天上界へよく溶ける。そこで死者たちは、ひかりを解剖して遊ぶ。解剖されたひかりの臓腑は、黒く、濁っている。

本能的に影は浮力のものだ。だが、それでもなお、影は物質として微量の重さを持っている。したがって、鳥たちは、空の深みへ影を捨てにゆく。影の重さを脱ぎ、さらなる揚力を可能とするために。すなわち、飛翔とは、本来的に影を捨てる行為であり、空の色とは、幾重にも捨てられた鳥の影の集積の苦さなのである。

とはいえ、その微量の重さゆえに、ときおり空の深みから落下してしまう影もある。ふとよぎる邪心のかがよいが、空の深みから影をはずすのだ。それが鴉である。彼らの羽毛が碧く濡れてひかるのは、そこになお空の深みが残っているからである。そうして、死んだ鳥が獰猛であるという同じ理由で、影の鳥である鴉もまた獰猛である。食べても食べても影の砂嚢の満ちることはない。

展翅板として、この都市の風景は構築される。空間というより、風景は、平面の交錯する無数の図譜にすぎない。そこに死者たちは、色とりどりの蝶を透明な針でとめる。多くは、死んだ子供たちの捕虫網によるものだが、死んだ大人たちの恣意によって捕獲することもある。そこで蝶たちは新しい飛翔を始める。すなわち、一点からその一点への絶えざる飛翔である。ただ、酷いことにはちがいないが、この蝶たちは、その一点の永劫において、みずからの影を洗いつづけなければならない。そうして初めて蝶たちは、飛翔ということへのみずからの在りようを知るのである。

枯れかけた一本の街路樹がかたく眼を閉じている。その想念にみずみずと息づいている一本の若木——その手淫（なぜなら、街路樹とは、整列しながら手淫する樹木にほかならない）。しかし、気がつけば、この都市の枯れかけた街路樹のすべてが、その想念の中にある。その想念の総体が、森である。死者たちも、ときおり、その森で遊ぶ。葉叢にかくれては、手淫にふける。

この都市によって滅ぼされた都市のおびただしい眼差しが、この都市の頭上にもそそがれる。そのすべてが交叉する一点から吊り構造として建築されたのが、歴史資料館である。滅ぼされた都市の眼差しは、そのまとわりつくような粘質ゆえに、太く束ねられ、梁のかわりに使われる。それは、みずからの重みで曲線状に垂れ下がる。いきおいあまって、梁の端は、空へはみ出してしまうが、それこそが滅んでしまった都市の、押さえ切れぬ情感の反りというものであるだろう。その空への屋根の反りを見るたびに、死者たちは、みずからの敗亡への浮遊感にさらされてしまう。

あたかも脱いだ衣服をかけるかのように、この都市の人々は、蜃気楼を、それぞれの住居のもっとも奥の鴨居の釘にかける。なぜそうするのか、いまでは誰もわからない。ただ、父も母も、その父も母も、みんながそうしてきた。いまでは、そうすることによって初めて、この都市の住民としての存在証明がなされているのだといえる。だが、この都市においても蜃気楼ははかない。朝の到来とともに消えてしまう。それゆえ人々は、毎日、蜃気楼を求めて都市をさまよう。一日をかけて捕捉し、住居のもっとも奥の鴨居にかけて、ようやく安らぐ。

しばしば忘れられがちだが、この都市にもまた、豪奢な図書館が建立されている。ただ、その図書館には、厖大な数の人々が勤めているにもかかわらず、来館者がひとりもいない。この都市において記憶せられるべきことはただひとつしかなく、それはすなわち、記憶の空白という記憶だけなのであり、しかるがゆえに、その図書館における蔵書は、まだ一字も書きこまれていない壮大な一冊の書物だけなのであって、その書物もまた、数名の選ばれた司書たちによって、厳重に保管されているからである。

恐竜の胸腔を模したドーム。この都市の肺、博物館。だが、いつの時代にあっても、現象は激しく実体をこばむ。すべからく反抗的で、欲望の輪郭のみを明白にする。ひたすら享楽的で、投げやりな素振りをしてみせる。それゆえ、この博物館にも展示されるものは何もない。まさしく〈肺〉がそうであるように、それは呼吸によってのみいちぢるしく満たされている。人はむしろ、それら現象の影の欲動を、息づく肺壁のうねりに見て歩く。

この都市の建築物について、付加しておくべきことがもうひとつある。それは、この都市のどこを探しても刑務所が存在しないということだ。この場合も理由は簡単である。この都市そのものが、すでにひとつの巨大な檻であり、したがって、この都市の住民のすべてが、すでに囚人として、見えない鎖につながれているからである。しかし、その罪科を誰ひとりとして知りはしない。その理由もまた簡単である。この都市にいるのは、すべて生まれる前から裁かれたものたちばかりであり、したがって、罪科を決定するただ一人の住民も、存在しえないからである。

かくして、この都市においては、モニュメントがもっとも重要なものとなる。それはひとつしかなく、おそらくそれは、永遠にひとつであるだろう。それはいかなる摩天楼をもしのぐ高さを誇る。それはこの都市の果てにある——中央の鏡塔によってこの都市の中心にある。それは、あまりの巨大さゆえに、ある季節の、ある透徹した日にしかその全容を眼にすることができぬ。それは、断頭台である。

あらがいがたくどこまでも明晰に狂いつづけること。万有引力の物憂いエロティシズムを。青銅の像のオルガスムスの過度に官能的な逃亡を。だが、狂気の余剰は幾度もさえぎられ、そのたびに沈黙の金切り声をあげる。経験はいまだなにものをも豊かにしえず、遠くであいまいな微笑をくり返している。知っているだろうか。ここでも、来たるべきゆいいつの未来は洪水である。そのとき、この都市のいっさいが水の夢想に沈む。そのとき、水の夢想の表皮を逃れるいかなる舟もありはしない。

叛乱の午後。そのさなかで、すでに明日が滅びている。その滅びの肉化を屹立しているものがあるとすれば、それこそが死者の情念の蟻塚。ありとある表徴を越えて激しく噛みつぶされているものがあるとすれば、それこそが死者の情念の蟻。

けれども、死者たちはとりわけ長い橋をわたるのが好きだ。此岸から彼岸へという橋の構造が、この上もなく死者たちを深い思いでつつむのだ。だが、この都市にあっても彼岸はどこにも存在しない。途中まではまぎれもなく彼岸だったものが、橋をわたり終えると同時に、此岸にすり変わっている。橋が長ければ長いほどその憧憬は大きく、憧憬が大きければ大きいほどその落胆は計り知れない。まなざしの哀しみのままに振り返ると、かつては此岸であったものが、今度は彼岸となって照りかがやいている。しかも、今度のそれは、ひどく懐かしい郷愁の彼岸である。

橋こそがみずからをわたる。それが橋であるということの思念である。橋は永遠にみずからをわたり終えない。それが橋であるということの決意である。橋の上をわたりながら「死こそ自由、と死者の誰かがつぶやく。「死はみずからが生成する、と死者の誰かがこたえる。

捨てられた一個の空缶に夕日が産卵している。生存の斜面を鉄のキリンが逃げてゆく。鐘が鳴り、都市がわずかに揺動すると、やがて、建築物のひとつひとつが、飛翔の姿勢をとる。それぞれが頭部とおぼしき突起をもたげ、想念の翼をひろげる。だが、どの建築物も、結局はどこへも飛び立ちはしない。飛翔それじたいにはいかなる意味あいもないということを、どの建築物も十全に知っているのである。建築物は、悄然と想念の翼をたたみ、こうべを垂れる。かくして、この都市にも、うしろ手に縛られた夕暮れがやってくる。

漆黒の闇からついにひかりが弾けてしまうように、火もまた、死者たちの眼の耐えざる寂寥より咲き出る。それゆえに火は、なににもまして冷酷で狂おしい。みずからは咲くという思弁に透徹したまま、高熱の花弁に陶然とするすべてを、焼きつくす。

とめどもなく、死者たちの眼が〈火処《ほどころ》〉なのである。〈火《ほ》跡《と》〉であり、眼の女陰である。交合の溶鉱炉であり、火口である。ときに核融合の火と化しては、みずからの眼の花弁によって、死者たちは、ふたたび焼きつくされる。

斬首された時間が西空に赤い。死者たちは知っている。そこに一個の巨大な火瓶のあることを。その火瓶には、今日という一日をかけて、死者たちの眼の寂寥から摘み取られたすべての火が活けてある。それは美の極限の火。熱発する虚無の花弁の火。だが、それは、いかなる意味においても、地獄への業火の種火ではない。いかなる意味においても、天国への消尽のための燠火ではない。

死界から来て、蛾の群れが、高層ビルの窓に貼りついている。火への憎悪が、ふたたび蛾をして、この都市の灯に群らがらせるのである。死んだ蛾の、生への恋情もはかりしれず、その鱗粉と翅脈をさらに濃く浮きあがらせている。それは、ときに、高層ビルの窓という窓を被いつくす。ときに流れては、この都市の夜の、低い雲と化す。

死界が都市を夢想する。その夢想を運河がただよう。蛇行し、街灯に濡れる。その死界の夢想の蛇行に、死者たちは、柔順である。あおむけのままただよい、星々との距離を測る。千年後も死につづけているみずからを想像し、経血に汚れた使役をなおも苦しむ。ときおり夜の運河が激しくさざめくのは、死者たちがいっせいにまばたくからである。けっして風による水面のさわだちなどではない。

結局、この都市にあって、再生とは、さらなる死への道程にほかならない。それゆえ、卵形が、なぜかくも深く心をいやすのか、その事実を前にするたびに死者たちはおどろいてしまう。夜、都市が深い眠りに入ると、死者たちもそれぞれの卵形の石棺に入る。まるで天の蓋を閉じるかのように石棺を閉じ、さらに痩せた月とさらに衰弱せる星のまたたきをさえぎる。そうして死者たちは、夢の化膿を、一瞬の永劫を、眠るのである。

（『屍姦の都市論』二〇〇五年思潮社刊）

詩集〈蛇〉全篇

海馬

白亜紀の海から来て
一頭の馬が
立っている
そこは
蛇の
言語の
孵化の
くらやみ
意味の始原のたてがみに濡れ
ついに生まれつつある
怖るべき未生の一語を咥えて
おののく

天網の蛇

火にも
凍点がある
むしろ火は
凍点の周囲に
思念の肉を燃えさせる

蛇たちの冷血の
それゆえの情念の火
永劫に眼を閉じられぬ奈落の
それゆえの悦楽の火

天網が巻き取られてゆくと
ひかりの歯が
空を
嚙んでいる
そこから蛇が墜ちてくる
邪悪な虹にもなれず

死を打ちしだく一本の
強靱なる鞭にもなれなかった蛇たちの
遠い
父祖の蛇の群れである

始原の蛇

かなしみには輪郭がない
かといってそこに
林檎の果芯のような
饐えた欺瞞の中心があるわけではない
野にあって
蛇たちは不意に
かなしみの全体と遭遇する
知らぬうちに
かなしみが全身を
濡らしている

殺戮にも輪郭がない
かといってそこに
葡萄の果肉のような
ぬるりと発酵する情念の全体があるわけではない
むしろ殺戮とは
情念の全体が消尽する
その
不意のまぶしさへ
浮上することだ

一匹のシロネズミを絞めつけていると
やがて
飢えが消える
飢えのかわりに
血の情動のようなものが
満ちてくる
それはときに
めくるめく情欲とも見きわめがたい
しかし

蛇たちにはそれが
紛れもないかなしみの受肉だとわかる
ほんとうのかなしみはいつも
血の情動のふかみに
一匹の始原の蛇を
飼っているからである

笛

虚無の吹く一管の笛をつくるために
蛇たちは脱皮する
ことさらに痛い内側を
外にして剝ける
だが
蛇たちにその音色が届くことはない
蛇たちはかつて
外耳を捨てた
蛇たちは

地の声のみを
脳函で聴く

虚無の吹く一管の笛をつくるために
蛇たちはみずからを脱ぐ
白濁した過去の表皮を
脱ぎ捨てる
だが
脱いでも脱いでも
おのれ自身が
やってくる
脱いでも脱いでも
いのちに鱗が
生えてくる

虚無の吹く一管の笛をつくるために
それでも蛇たちは脱皮する
原罪の生えぎわへ
全身を
こすりつける
死とは
ひとつの寓意への
不意の
静かさなのだ
寓意の死骸のうつろにこそ
虚無の息に澄む至上の音楽が
鳴りひびくのかもしれない
一面ひかりとなって
野の時間がほどけている
その死の微笑のしげみのようなものに向かって
また新しい蛇たちが
およいでゆく

礫の蛇

ひとかけらの永遠を咥えて
一匹の蜥蜴が

一億年前の岩の隙間に
消える
木洩れ日が
一億年後の地平へ
さざめく
かつて蛇たちが喪失した
焦げくさい蹠
かつてまだ足があったころの
足あとの蒼さ
棒状の肉
棒状のこころ
眼は
（眼に内臓された光景は）
灼きつくさなければならない
舌は
（舌が舐めつづけた生涯は）
灼きつくさなければならない
一匹の花野を絞めころす長い夢から醒めると
蛇たちは

おもむろに
地に
突き刺さる
みずからを礫と化して
遠い丘の夕日を
浴びる
そのとき
世界は
礫の蛇の影に過ぎない
罪業の果ての塵となるまで
世界じしんもまた
礫の蛇を
立ちつくす

蛇の骨

そこに来て
ひかりが激しく産卵している

一条の
白い休息
無垢の
ひとつの
棘のある
喩法

死の
平面に
在って
すべての憧憬が見つめている
一条の
白い
時間である

草葬

一滴の水の深部に海がめざめるように
一粒の泥の深部に蛇がめざめる
一本の木の深部に森がめざめるように
一条の骨の深部に夢がめざめる

稠密な無の咲きみだれている丘
まぼろしの手淫を終え

かつて世界が始まったその場所へ
ただひたすらに死んでいる蛇
もし一匹の蛇のための石棺があれば
この丘の空を詰めて怖しく細長い空にする

一粒の泥の夢からではなく
一粒の泥の夢へと醒めてゆく

鏡像の蛇

蛇の思念の
もっとも深いところに
その鏡は
ある
ひかりというより
ひかりじたいである闇が
その鏡を
照らしている

蛇たちが
野にめざめると
鏡像の野に
未生の言語の影が
めざめる
蛇たちが
野をわたると
鏡像の野を
ひときわ激しい潮鳴りが
わたる

鏡像の
野には
暗黒の
太陽が
のぼる

鏡像の
野には
暗黒の
月が
出る

わらう草

はじめは

野の全体が
わらっているかのようにみえた
だが
よくみると
ただ一本の草が
蛇のわらいを
わらっているのだった
その一本の草は
それほど
全体性にかがやく蛇のわらいを
わらっていたのだ

蛇空

けれど
あまりに激しい草々の性夢にむせて見上げれば
空が
墜ちてくる
みずからの空無の
そのあまりにも重みのない重さの総量に堪えきれず
自傷から自傷をくり返した果ての
あの
白亜紀の
蛇空である

虹

雨季も終わるころになると
まるで遠い約束ででもあったかのように
情死した蛇たちが
野に
あつまってくる
死んだ舌の火の色をからめ
引き裂かれた情念の繊維を織りこんでは
交接する色となる
色は

憎悪によって
発色する
情死した蛇たちは
情念の繊維のすべてに
みずからの憎悪を
塗りこめる
情死した蛇たちの色は
憎悪という油性の
地を離脱しようとする力によって
雨季の終わりを
上昇する
雨後の
ようやく日が差しはじめた空にきて
初めて
引きしぼられる弓のような歓喜を
しなる

擬卵

死んだ蛇たちも
産卵する
産みおとされた擬卵は
ひかりの柔毛が
あたためる
天上に繁茂している死んだ植物群
地を這う死んだ蜘蛛の投影として流れる雲
死界にあっても
生まれるとは
ひとつの始原を遠くすることだ
だが
死んだ蛇たちの擬卵は
永遠に死の円周率を出ない
ひかりの柔毛につつまれたまま
死の卵形を
微笑する

水の火

死んだ蛇たちの世界に
水の火は隠される
だが
生の真昼にも
逃げ水のように現われて
水が火である
火が水である
火の零度を炎えては
水の沸点を凍りつく
隠花植物のようだと
蛇たちは思う
しかし
水の火のその在りようは
蛇たちが
死後もなお
罪の始原を生きつづけているということと
同質なのである

しかるがゆえに
水の火は
その原初から
蛇科の植物として
蛇たちの世界に登録されている
ところが
蛇たちも
死んだ蛇たちでさえもが
その事実を忘失していて
その忘失の事実をさえ忘失しているというのが
水の火の登録に関する蛇の世界の現在なのである

立葵

野の古代から
撲殺された蛇たちの血が
流れてくる
血は

地を
垂直に
立ちのぼる
血の現在を出ようとする
けれども
どれほど垂直に立ちのぼろうと
撲殺された蛇たちの血が
地を
出ることはない
灼熱の地平に立ちつくしていると
野の古代から
記憶が
ひどく遅れて
やってくる
父もその父もその父の父も撲殺された鎖状の記憶
母もその母もその母の母も撲殺された鎖状の記憶
やがて
鎖状の記憶は
血を
咲きのぼる
幾重にもめくれるまぶたを風にふるわせながら
ときに
天上に咲く
夢を
みる

蛇の木

野の蛇たちのまなざしが
遠く迂回するあたりに
蛇の木は立っている
光合する葉の類をつけず
枝々がしげらせているのは言葉
もとより
言葉とは
罪の、
死の、

始原である
それゆえ
蛇の木が真実しげらせているのは
罪の総量である。
死の永劫である。
午睡から醒めると
蛇たちは
蛇の木で遊ぶ
遊びに飽きると
意味の戯れである美しいひとつの輪となって
垂れ下がる
すると
まるでそのときを待ちこがれていたかのように
空が
綻れにくる

冬眠

冬の野の夕景に
蛇たちの眠りはあらわだ
現前する
死の泥をねむる蛇のイマージュ
野の涯の崖が突き墜とす夕日へのオマージュ
そのように
全世界の夕景があぶり出しているのは
非在それじしんである
夕景とは
そこに在らざるものが立ちあらわれる
その
束の間の
全容なのだ
冬の野の夕景が
焦げた血のように赤いのも
遠く死の泥を眠る蛇の不在が
野に

照り返しているからである

水の空

野の沖まで行って
暮色が
ふりかえっている
生のくらがりを
もう密生しはじめている夢
野にひそんでいると
密生した夢が
流れこんでくる
まるで洪水のようだと
蛇たちは思う
むろん
蛇たちは知っている
ほんとうの洪水は
こころの中にこそ起こる

やがて
死んだ蛇たちが
水の空に
灯を
点けてゆく
灯は
その周囲に
灯の寂寥ゆえの闇を
塗りこめる
水の空にあっては
灯も
闇も
ついには滲んでわからなくなってしまうのだが
そうして初めて
蛇たちの
明日が
つくられる

眼裏

こうこうと照る月の夜に
死んだ蛇たちはつるむ
無い両手で
たがいの首を絞めるようにして絡みあう
首を絞めるようにして絡んでいると
触れあっているあたりが
透きとおってくる
透きとおったところは
月のひかりが
満たしはじめる
だが
月のひかりをもってしても
死んだ蛇たちの情欲を
満たすことはできぬ
死んだ蛇たちの世界でも
情欲は
情欲によってしか
満たされぬ
死んだ蛇たちは
さらに激しく舌を裂き
情欲の喉ふかく差し入れる
さらに激しく茎を裂き
情欲の膣ふかく差し入れる
喉のふかみに
月光のしげってくるのがわかる
膣のふかみに
月光のしげってくるのがわかる
死んだ蛇たちは
ついに
月光の情欲そのものとなって
永劫を
飢えるだろう
性愛の果てに咲くという
桔梗の花弁のような眼裏に焦がれたまま

野火

あれは
死んでなお
地を出ることができなかった蛇たちの
舌の火
死界の早い春をめざめ
地を
山頂へ
這いのぼる
最後の息をあつめて風をつくり
天の
枯野へ
炎えうつる

脳の川

どんな川よりも青い川が
蛇の脳を
流れている
蛇の這った跡が
ことさらに青くけむるのは
蛇の脳を流れる川の色に
野が
にじむからである

どんな川よりも青い川が
蛇の脳から
流れ出ている
どれほど遠くへ
こころを遊ばせようと
蛇の脳を流れる川の色を
野は
出ることができない

頭上の空の売り方
喪なった四肢の爆発音

そこだけ原罪が匂い立っている場所
うつろのうろこ

蛇とは
野に溶けえざる一条のめまいである
世界はまだ
その一条のめまいを
盗めない

言語の蛇

そのように
蛇こそが言語である
月下の鉈であり
無関心を迂回するいっさいのまなざしである
歯痛にくるしむ遅い午後の空であり
深層心理の襞に嚙みついている一匹の感受性の蟻である
宛名も差出し人名もない手紙の消印であり
希望というものの全身に粟立っている鳥肌である
意味の拒絶をこそ匂う悲願の彼岸であり
美意識の回廊をさまよう一頭の馬の最後の一瞥である
いっせいに嚙みつきながら憎悪の高さを墜ちる滝の水であり
天心に来てついに嚙み切られるひとつの泥の言語である

蛇苺

野という
一艘の方舟をはぐれて
いままた
あかあかと
罪の始原を熟れている

（『蛇』二〇〇六年思潮社刊）

詩論・エッセイ

死の詩論

——詩における〈切れ〉の構造について

死とは何か。

現代医学は、死を、次のように定義づけている。

生物が生きていくために必要な一揃いの遺伝子を含むDNAの総体を「ゲノム（genom）」という。……ゲノムのなかのさまざまな遺伝子の働きによって、さまざまな種類の細胞（ヒトでは約二〇〇種類）がつくられる。「一つの生命体」つまり個体は、それらが有機的につながりあう細胞社会である。その一つひとつの細胞のなかに、死は遺伝子として宿っているのである。つまり、生物は死のなかを生きているといってもよいだろう。

細胞は死ぬ際に、自らの死の遺伝子から、死を実行するタンパク質（酵素など）をつくる。そして、生命の源であるDNAを死の実行タンパク質の一つであるDNA分解酵素が規則的に切断する。つまり、生命の遺伝情報が自らによって無に帰されるのである。遺伝子に組み込まれた死のプログラムによって細胞は自死し、その反映として個体の死がある。そう考えると、死の本質を「遺伝子によるゲノムの消去」と表現することもできる。

（田沼靖一『死の起源　遺伝子からの問いかけ』）

ハイデッガーはかつて、われわれを「死へ臨む存在」と名づけた。だが、じっさいには「死のなかを生きている存在」だったのである。さらに言えばわれわれは「自死へ臨む存在」だということさえ可能である。「自死へ臨む存在」、つまりは、ノヴァーリスが「真に哲学的な行為、それは自殺だ、そこに、一切の哲学の現実的発端があり、哲学の使徒の一切の欲求は、ここを目指している。この行為だけが、超世界的な行動の持つ一切の条件に応じ、一切の特性を備えている」というときの、「真に哲学的な行為」それじたいとしてわれわれの個体は原初より存在しているのである。思考においてではなく、全細胞の意志の帰結として完成される個体の自死、それは、われわれの知っている自然死や他殺や自死の類ではない。それはまったく新しい死の誕生といっても過言ではない。フィリップ・アリエスはその著『死を前にした人間』で、中世前期から現代社会にいたるヨーロッパ人の死を「飼いならされた死」「自己の死」「遠くて近い死」「汝の死」「転倒された死」という五つの時代相のものとして分類してみせたが、現代医学があばいてみせた人間の根源的な死は、それらを遙かに超越したものだったのである。

しかも、われわれは、生命の進化のプロセスにおいて、両性生殖による生命個体の発生とともに死が誕生したという事実を知っている。細胞分裂によって増殖する生命体に死はなく、雌雄の生殖によって生まれる生命体に初めて死が誕生したという事実。私は、そこにこそエロスとタナトスの本源的な萌芽を見てしまうのだ。

そのように死もまた変容する。あたかもそれは「語の意味とは、言語におけるその使用のことである」とする後期ヴィトゲンシュタインの「使用」の変容ででもあるかのようだ。

いや、死にあってもそうであるにちがいない。死でさえわれわれは「死の意味とは、言語におけるその使用のことである」と書きかえることが可能なのだ。ジョルジュ・バタイユが「死とは、死についての意識である」というとき、人間だけが死を言語によって想像することができる。言語による想像、それはまた創造そのものにほかならない。すなわち、人間だけが言語において死を創造することができるのである。

ところで、「死骸とはすぐれてイマージュの体験である」と「鏡について」に記述したのは宮川淳であった。しかし、鎌田東二は、死骸を鏡それじたいとしてしまう。

死体を前にして言葉を紡《つむ》ぎ出すことができないのは、また、そうすることに非常なる徒労を感じてしまうのは、まさに死体が一箇の鏡として後に残された生者の前に立ちはだかるからである。死体は、どのような生者の言葉といえども、無抵抗に、そして貪欲に吸収してしまう。そうであるがために、死者に捧げられる言葉は、それがどれほど不完全なものであれ、みな美しく、かつみな空しいものになるのである。死体は生者の言葉を吸う！　そしてその言葉を養分として成長する。……これを逆にいっても事態は変わらない。つまり、生体は死者の言葉を吸う、そしてその言葉を養分として成長する、と。

（『身体の宇宙誌』）

死者の、生者の、言葉を吸う鏡。死者の、生者の、言葉を養分として成長してゆく鏡。そうであるなら、みずからを死体と化し、みずからを死体と化すことによって一枚の鏡となり、言語によってひたすら生界を照らし出すこと――それは秀れてひとつの詩法であるだろう。そうして、その詩法を全身で体現しようとしたのが吉岡実であった。吉岡実はベケットの「想像力は死んだ　想像せよ」の言葉に衝撃を受け、「想像力は死んだ　創造せよ」とみずからに言いきかせるのだが、それはまた「私は死んだ　創造せよ」という行為と同質のものだったのである。

夜の器の硬い面の内で
あざやかさを増してくる
秋のくだもの
りんごや梨やぶどうの類
それぞれは
かさなったままの姿勢で
眠りへ
ひとつの諧調へ
大いなる音楽へと沿うてゆく
めいめいの最も深いところへ至り
核はおもむろによこたわる
そのまわりを
めぐる豊かな腐爛の時間
いま死者の歯のまえで
石のように発しない
それらのくだものの類は
いよいよ重みを加える
深い器のなかで
この夜の仮象の裡で

ときに
大きくかたむく

吉岡実の初期の詩学結晶の一篇「静物」の全行である。しかし、おそらくはこの一篇によって詩人吉岡実の全体が決定されたのである。俳句に造詣が深く、じっさい俳句の実作も試みていた吉岡実のこの作品は、俳句の詩学のみごとなまでの具現でもあった。

五七五という韻律や季語というものによってではなく、俳句という最短詩型が切字などを配しながら体現した〈切れ〉の構造によって初めて詩化を果たしえた俳句の詩学。すなわち、仁平勝が「発句形式が獲得した五七五定型の根拠とは、和歌に代表される当時の伝統的（貴族的）な美意識から切れることであり、同時に、ブルジョア社会として再編されてゆく生活共同体からも切れることであった」（『詩的ナショナリズム』）とするその俳句の詩学のことである。そうであるなら、当然のように、俳句作品は「私という存在」からも切れる。なぜなら、私とは「自己という現象すなわち私という現象は社会の側から来たのであって、その逆ではない。社会という網目が結節点としての自己を生んだのである」（三浦雅士『私という現象』）のだから。

そうして、われわれはふたたび吉岡実のトポスに立ち帰る。吉岡実の「私は死んだ　創造せよ」というトポス――それは鏡と化した死体のなかを太古のはるかな夜にまで降りてゆくことである。

もし壮大な規模に到達しようと願うなら、どんな芸術作品も、制作に着手した以上、その一瞬をもおろそかにせぬこの上もない忍耐と熱心とをもって、数千年の歳月を降《くだ》って行き、その作品の中にやがて自分を認めるにいたる死者たちに満ち満ちた太古のはるかな夜にまで、なんとかして行きつかねばならない。

どうして、どうして。芸術作品は来《きた》るべき世代のためのものではない。それは数限りない死者たちにささげられているのだ。死者たちはそれを嘉《よみ》する。あるいはそれを拒む。だが私が語ってきたこれらの死者たちはかつて生者であったことはなかった。

（ジャン・ジュネ「ジャコメッティのアトリエ」）

おそらく、吉岡実作品のいくつかはこの場所にまで到達している。吉岡実作品に頻出する死者たちの多くもまた、この場所にいる。まさしく城戸朱理が「ここではもはや、死が生きられているというようなことは起こっていない。死を生きているのではなくて、死が生きているとしか語りようがないような、それこそ場合によっては非‐歴史的な寓話としか言いえないような事態が生きられている」（『討議戦後詩』）という、その場所＝詩のトポス。そのトポスにおいて現前する詩作品は、当然の帰結として「もはやこの世に送り返されはしない。避難所としてのこの世にも、目的としてのこの世にも送り返されはしない」（モーリス・ブランショ）のである。このブランショの詩学は、前出の仁平勝の俳句における〈切れ〉の構造論と一致する。すなわち、ここに来て、俳句の詩学とは詩学そのものにほかならないということが可能となるのである。では、ひとつの試みとして、詩篇「静物」に対して、あえて俳句の詩学を照らしてみることにしよう。

作品を一読してわかるように、この作品じたいがじつに俳句的である。じつに絵画的であり、それは俳句でいう写生の技法の具現ともいえる。俳句はむしろ絵画的であるといわれるが、「静物」と題したところにもまた吉岡実が言語によって一枚の絵を描こうとした意志が明確に読み取れるだろう。しかし、それがどれほど絵画的であろうと、詩であるためには現実世界から切れなければならない。それが俳句の詩学の命題なのである。結論から書こう。「静物」においては、

いま死者の歯のまえで
石のように発しない

という二行によって、この作品は散文脈としての現実世界から切れている。つまり、俳句でいうそれは切字の役割を果たし、結果としてその二行は〈切れ〉の構造を現前させている。それまで、たんにテーブルの上の「夜の器の硬い面の内」に盛られていたにすぎない「秋のくだもの」が、「死者の歯のまえ」に序せられるとき、一瞬

にしてそれらは「数千年の歳月を降って行き」、「死者たちに満ち満ちた太古のはるかな夜にまで」到達してしまうのである。もし、その二行のそのような詩化への絶対的な〈切れ〉の役割を疑うなら、その二行を外して読み直してみればいい。秀れた詩的修辞に満ちながらもなお平板な散文脈空間が残るだけである。

さらに分析するなら、この作品がより秀れているのは「死者の歯」という〈歯〉の隠喩レベルにおいてであるように思われる。もし、その二行が、

いま死者のまえで
石のように発しない

というものであったとしたら、この作品はもっと色あせたものになっていただろう。奇妙な言い方かもしれないが、この〈歯〉こそが死体を現前させる鏡であり、むしろ物質それじたいとして〈秋のくだもの〉と同じ地平にある。もちろん、この〈歯〉は「私は死んだ　創造せよ」とする吉岡実じしんの〈歯〉でもある。それゆえに「死が生きているとしか語りようがないような」死者の〈歯〉としての物質感を有しているのである。ただし、ここでも〈石〉という語から「死者の歯」への、白くて硬質な反射光による物質的効果の相乗も見逃すべきではない。

あるいはまた、〈死〉の詩化への質と強度を検証するとき、鮎川信夫と吉岡実の詩に現われる〈死〉の質を比較するのもひとつの方法であるように思われる。もっとも多感な時期に太平洋戦争に召集され、死に直面せざるを得なかった二人の詩人の詩に現われる死。しかし、一九二〇年生まれの鮎川信夫と一九一九年生まれの吉岡実の詩の死は、戦後詩と非—戦後詩と呼ぶべきほどの距離がある。それは、生きてある現実世界の意味を問い直す方法としての隠喩の在りようと、現実世界を異化するため極限にまで進化させた高次な隠喩との距離でもある。

ポール・リクールは「隠喩は言語の創造性のもっとも明瞭な表現である」としたが、私の言う「高次な隠喩」もまた次のようなものである。

レヴィナスは隠喩を「不在への移送」と定義する。

> 「不在への移送」とは、現在の時間を離脱して、過去と未来へと向う運動である。つまりレヴィナスは隠喩の語源に帰って、字義通りに〈転＝移《メタフォラ》〉を実現しようとする。
>
> （久米博『隠喩論』）

「不在への移送」とは、そのまま「他界への移送」と書きかえうるものである。すなわちそれが、この「死の詩論」のテーゼなのだが、「他界への移送」とは〈切れ〉の構造によって現前する俳句世界にほかならない。つまりは、「高次な隠喩」を全身で体現しようとするのが俳句という形式なのである。

もちろん、この論考は俳句論として書かれるものではない。ただ、極北の詩型としてある俳句にこそ、凝縮された詩の形というものがあらわであると私は考えるのである。従来のように俳句を有季定型論や写生論だけでその詩化の根源を語ることはできない。それらを分解し、それぞれの個別の働きを検討してみればその理由は明らかである。五七五の定型だけで詩にならないのは、多くの五七五定型の交通標語を見ればすぐに納得がゆくし、そのような論法で、季節感だけを表現すれば詩になるか、眼前の風景をあるがままに写生すればそれが詩になるかと問えばいいのである。当然のように答えは否である。季節感だけで詩になるはずもなく、写生だけで異化が果たされるわけではない。俳句を俳句作品として異化させている機能としてゆいいつ解答可能なのが、切字を含む〈切れ〉の構造なのである。それを私は俳句のみならず詩の根源的な構造であるとしたいのである。もっとも、現代の詩作品において〈切れ〉の構造は複雑である。前出の「静物」のように単純に分析できるものはむしろ皆無に近い。しかし、その作品がまぎれもなく詩であるとき、その作品はどこかで（あるいは作品全体で）散文脈から切れている。その散文脈からの切れ方が、つまりは作品の詩的個性なのである。

そうであってみれば俳句の〈切れ〉の構造を検証することこそが、根源的な詩学を検証することにおいても、もっとも重要な事項となる。では、俳句における〈切れ〉の構造とはどのようなものなのか。

俳句の〈切れ〉の構造に関するもので、この論考のた

めにまず引用したいのは長谷川櫂著『古池に蛙は飛び込んだか』である。蕉風開眼の一句と言われる芭蕉の、

古池や蛙《かはず》飛《とび》こむ水のおと

の従来の読み「古池に蛙が飛びこんで水の音がした」に対する、それは異説であり、その異説から導かれるひとつの〈切れ〉論である。

その従来の読みに対して長谷川櫂はまずいくつかの疑問と事実を投げかける。すなわち、最短詩型である俳句において表現の重複を避けるのが基本中の基本であるとき、芭蕉ともあろう人が一句の中に〈古池〉と〈水〉という単純な重複を犯すはずがないという疑問、その一句の成立の経緯として、まず「蛙飛こむ水のおと」が先に出来、それに対して弟子の其角が「山吹や」という上五を提案したのに対し、結局は芭蕉みずからが「古池」と決定したという事実、さらには、そのとき〈蛙〉の句合《くあわせ》をした芭蕉庵はたしかに水辺にはあったが、そのあたりに古池はひとつも存在しなかったという事実を、である。

そこで長谷川櫂は〈や〉という切字の真実の意味にたどり着く。虚子の「省略」という認識をしりぞけ、「切字は散文脈を切るからこそ切字なのである」とする彼は、ついに「この古池はこの世のどこにも存在しない。ただ芭蕉の心の中にある古池である」と結論する。

古池の句の古池は芭蕉が蛙が水に飛びこむ音を聞いて貞享三年春という現実のただ中に打ち開いた心の世界だった。その現実の世界と心の世界の境界を示すのが切字の「や」である。これこそが芭蕉にとっての切字であり、「句を切る」ということだった。

おそらくは、芭蕉じしんもそのような意図で作ったのであろうし、弟子たちもそのように古池の作品を読んだのであろう。「散文脈を切る」切字の働きを中心に古池の作品を読もうとすればたしかにそう読める。しかし、問題は、同書において長谷川櫂も指摘しているように、その作品が従来「古池に蛙が飛びこんで水の音がした」と読まれてきたという事実である。なぜか。理由はただ

ひとつ。〈や〉という切字が使用されているにもかかわらず、この〈や〉が切字の機能を十全に果たしていないからである。いくら〈や〉という切字で下句を切ろうとしても、表現の重複ゆえに、〈古池〉と〈蛙〉と〈水のおと〉といった全ての事象が安直に接続されてしまい、瞬時にひとつの意味空間をつくりあげてしまうからである。まさに芭蕉じしんが「切字に用ふる時は、四十八字皆切字也《なり》。用ひざる時は、一字も切字なし」（『去来抄』）と言っているように、この作品には〈切れ〉の構造が生じていないのである。結局、この作品は「散文脈を切る」ことができず、あえて書けば、その散文脈としての読みゆえに「古池に蛙飛こむ水のおと」とさえ書きかえが可能なのである。芭蕉がその句を詠んだ頃、カハヅといえば和歌では河鹿のことであり、その鳴き声を愛でるのが当時の本意であり、その本意を外したところに俳人芭蕉の面目があったのだとしても、カハズがそのまま蛙として読まれる今日にあってはその意図にもまったくといっていいほど生彩はない。

　ところが、〈古池〉の句とまったく同じ構造でありながら、切字においてみごとに切れている作品がある。西東三鬼の、

　　広島や卵食ふ時口ひらく

である。この作品こそは、まず〈広島や〉と提示されて「しかし、この広島はこの世の（この現実世界の）どこにも存在しないものである」という認識を抱かせるものである。それがたとえ暴力的な行為であったとしても、〈古池〉の一句において書きかえが可能だったようには、この作品を「広島で卵食ふ時口ひらく」と書きかえることはできない。なぜなら、〈広島や〉と切字によって提示されるとき、われわれは瞬時に、現在の広島ではなく、原爆が投下され爆死者で満ちみちていたあの広島、すなわち「死者の国としての広島」を想起してしまうからである。それゆえ、この広島を〈東京〉や〈福岡〉といった別の地名に変換することはできない。ゆいいつ変換可能なのは、やはり〈長崎〉ということになるのだろうが、この作品を「長崎や卵食ふ時口ひらく」と書きかえてみ

ると、微妙な、微妙ゆえに決定的な違和のあるのに気づく。おそらくは〈口ひらく〉に対する〈広〉という字や、〈島〉という孤絶した場所を暗示する字と〈卵〉の孤絶した時空との共振作用などによるものなのだろうが、世界史上で最初に原爆が投下された地としての意味合いも含めて、この作品はどうしても〈広島や〉でなければならないのである。それが、まさに詩の一回性であり、その一回性によって他と全的に切れた姿なのである。他のいかなる場所とも切れた場所＝場所ならざる場所である広島、において、現在という時制をシンボル化した口が、つるつるした茹で卵の未生世界を〈食ふ〉のである。この作品もまたジャン・ジュネの提示したあの場所に到達している。それゆえに「卵を食べる時に口がひらく」というもっともありふれた光景が怖るべき光景として異化されるのである。たとえ三鬼じしんがそのとき被爆直後の広島にいたのだとしても、この作品にはすでに作者の投影すら存在しない。むしろここにあるのは「死者の満ちみつる過去の時間」と「未生の世界である未来の時間」と「その未生の世界をいままさに呑みこもうとする現在の時間」である。それら三つの時制が、死者の満ちみつる国である広島の永劫に溶けている。当然の帰結として、この三つの時制に、季語という認識の入りこむ余地はない。

そうして、切字から言語の配合による〈切れ〉の構造（すなわち、それこそが詩における基本的な〈切れ〉の構造である）への展開のために引用したいのが富沢赤黄男の次の作品である。

蝶墜ちて大音響の結氷期

まさにこの作品には切字がない。しかも、切字的効果をあえてはばもうとでもするかのように、〈て〉という因果関係を直接的に指示する接続助詞が使用されている。しかし、そのような見かけの構造とは逆に、この作品もまたみごとに切れている。〈蝶〉と〈墜ちて〉の言語の配合によって切れているのである。そもそも微小な存在である一匹の蝶が〈落ちる〉ことはあっても〈墜ちる〉ことはない。〈墜落する〉ためには、墜落を可能とさせる高さと質量が必要だからである。しかるに、この〈蝶〉は〈墜ちる〉のである。その仮の不安定な高さと質量を補完するのが次なる〈大音響〉である。この〈大音響〉の補完において〈蝶〉の〈墜落〉はついに絶対的な詩的現実と化す。しかし、この〈大音響〉は〈蝶の墜落〉を補完するものとしてとどろきながら、〈の〉という助詞によって〈結氷期〉に接続される。ところが、その〈大音響〉は〈結氷する音〉としてのものではなく、〈結氷期〉というけっして音を生じさせぬ時制に対してのものなのである。すなわち、切字効果を身体化した〈墜ちて〉の接続により、この〈蝶〉は現実世界の蝶から切れ、隠喩それじたいと化した一匹の蝶の墜落により、大音響とともに全世界的な無音の結氷期が現前するのである。あえて季感についても付言すれば、ここにあるのは、遙かなる高みを飛翔している蝶の「春」と、その蝶の墜落によって一瞬の後に現前する「結氷期」である。それはむしろ詩的現実における時空の在りようであって、三鬼の「広島」の句と同様、この句にも季語という認識の入りこむ余地はない。

　もっとも、富沢赤黄男じしんが、この作品のそのような言語機能に気づいていなかったふしがある。この作品の初出が「結氷期」連作の中の一句であり、この作品の前には「冬蝶のひそかにきいた雪崩の響」という一句が配置されているからである。つまり、この作品の〈蝶〉は最初、作者によって〈冬蝶〉として提示されたものなのだ。あえて書けば、この作品の原句もまた「蝶絶えて大音響の結氷期」という〈冬蝶〉のものであった。しかし、季節はずれの羽化による冬蝶は弱々しく、死に瀕している。〈絶えて〉の原句から大音響が起こることもなければ、〈大音響の結氷期〉が現前することもない。たんに冬蝶が死に果て、氷の張る季節になったという散文脈が大仰に提示されているだけである。当然、〈絶えて〉の原句に〈切れ〉の構造はなく、したがって作品の詩化は果たされていない。さすがに富沢赤黄男もその詩化への未然を察知したのだろう。彼のその未然への認識がどの程度のものであったのか知るよしもないが、〈絶えて〉を〈墜ちて〉に変換したところに富沢赤黄男の詩才があった。

そうして私は、「広島」と「蝶」の作品においてもそれぞれの鏡を認識する。すなわち、爆死者の満ちみつる過去の広島との境界に立てられた一枚の鏡と、一匹の蝶が墜死したことによって現出する氷の鏡である。ただ、この二枚の鏡が異なっているのは、広島の鏡には「卵を食う時にひらく口」が永遠に映し出されているのに対し、氷の鏡には一匹の蝶を喪失した空無しか映っていないという点である。だが、それぞれのそのような鏡の在りようがレヴィナスの言う高次な隠喩の具現なのであり、その鏡こそが「死の詩論」の構造なのである。

遠い時間からの手紙

それがどんなきっかけだったのかまったく定かではないのだが、私には少年期から詩人という存在に対して茫漠たる憧憬があったように思う。しかし、だからといって私じしんが詩を書こうと思っていたわけではない。ただ、遠くに、まるで彼岸の存在でもあるかのように、詩人というものを思い描いていたにすぎない。

だから「君には詩の才能がある。詩を書くべきだ」と言われたとき、私はにわかに信じられなかった。

一九六四年、私は前年に新設されたばかりの国立鹿児島工業高等専門学校電気工学科に入学した。私じしんは普通高校から大学へ進学したかったのだが、手に技術がなかったことを悔いていた父の強い希望と、経済的な事情もあって、五年制であった高専に入学したのだった。だが、大学進学がなくなったのを幸いに私は遊びはじめ、勉学よりもクラブ活動に精を出した。最初は卓球部に入部したのだが、部員が足りないという理由で無理矢理に先輩からラグビー部に引っ張られ、部員数が足りるようになると、それからはずっと空手部に籍を置いた。開校当時は寮が足らずに全寮制ではなかったので、片道二時間近くの汽車通学も友人たちと楽しんでいた。

そのとき国語を担当していたのが野元遂志雄教授だった。野元教授は現代詩を研究しており、自らもときおり詩を書いていた。それゆえ夏休みや冬休みの宿題は決まって一篇の詩を書いてくることだった。もちろん、それまで私は詩を書いたことなどなかった。教科書に紹介されていた以外の詩を読んだという記憶もない。したがって、宿題の詩にしても、仕方なく詩らしく改行したものを時間もかけずに書き上げただけのものにすぎなかった。だから、野元教授から「君には詩の才能がある」と言われてもまったく信じられなかったのである。

しかし、あまりにも度々それを言われるとついその気になってしまう。そこがまた私の生来の単純さのなせることなのだが、私は初めてハイネやバイロンやリルケなどの詩を読み、その甘い部分のみにかぶれて一晩に十篇ほどの詩を書いた。あるいはそれは四年にわたる私の辛い片恋が終わったばかりの頃だったからなのかもしれない。野元教授に提出すると、みごとに全部×であった。くやしいから、翌日も私は十篇ほどの詩を書いて提出した。もちろんそれも全て×。その翌日もまた同じだった。

さすがに私は教授にその理由を問うた。そうして私は、近代詩から脱皮した現代詩の思想を学んだのである。私は野元教授にすすめられるまま、創設されたばかりの文芸部に身を置き、詩を書き始めた。

思潮社から「現代詩文庫」が刊行されはじめたのは、ちょうどその頃である。幾冊かは自分で買ったが、多くは野元教授から借りて、それこそむさぼるようにして読んだ。それはまた、私にとって彼岸の存在であった詩人が、此岸の存在と化したということでもあった。だからといって、私にとって真の詩人が遙かな存在であることにかわりはない。しかし、いつか私もこのような詩人になりたいと淡く思うようになったのも事実である。

野元教授はまた、一九六六年に復刊された俳誌「形象」の同人でもあった。「形象」の命名は吉岡禅寺洞である。

吉岡禅寺洞は高浜虚子の高弟のひとりであったが、口語俳句運動を実践したことにより、一九三六年に日野草城・杉田久女とともにホトトギスを除名された。「形象」はその禅寺洞の弟子であった前原東作・誠兄弟が創刊したものである。ちなみに前原東作は禅寺洞が主宰した俳誌「天の川」の最後の編集長であり、また同門で当時「雲彦」と号していた篠原鳳作が東作の一字を乞うて俳号とした人である。

その「形象」に「一行詩の勉強のために入れ」と野元教授は私にすすめたのである。そのとき私は十九歳であった。なぜかすぐに編集部に入れてもらい、月一回行われる句会にもよく参加した。いっぱしの詩人きどりの私の口調を、先輩俳人たちはいつも静かに聞いてくれた。まもなく私は「形象」最年少同人となった。後年、前原東作の死とともに「形象」発行を継ぐことになるのだが、もちろんその当時の私はそんなことを夢にも思わない。しかし、形象俳句のみずみずしい語法は、俳句のみならず、本質としての詩を私に目覚めさせることになった。

その句会に、私が詩の生涯の師と仰ぐことになる岩尾美義がいた。後に第二十六回現代俳句協会賞を受賞する岩尾は、黒田三郎を兄のように慕い、北園克衛が編集発行していた「VOU」にも参加していた。彼の第一詩集『黄が匂う』は、表紙と扉の絵を北園克衛が描き、跋は黒田三郎、発行所はまだ森谷均が健在だった昭森社という豪華なものであった。

岩尾美義の狂気にも似た詩精神は私を決定的に変えた。「詩人であろうとするなら詩を書け」「詩を書かない詩人は詩人ではない」「百年後に残る詩を書け」「勝つか負けるか、他の詩人たちと真剣勝負のつもりで読んだり書いたりしろ」「もし負けたと思ったら勝つまで書け」「つまらない詩人たちと付き合うな。そんな暇とお金があったら秀れた詩集を買って読め」が口ぐせだった。

その岩尾邸に、一週間に一度ぐらいの頻度で詩を書いたノートを持ってゆくのがその当時の私の習慣となった。ひっきりなしに煙草を喫い、浴びるようにビールを飲む人だった。私はまだ学生であったから、冷えたお茶やコーヒーを少しずつ口にしながら詩や俳句のことを話していた。彼は酔うとすぐに眠った。彼が眠っても私は帰ることを赦されなかった。眼が覚めたとき、そこに私がいて当たり前なのだった。それが何時であれ、眼が覚めると彼はふたたびビールを飲み始めるのだが、眠っているあいだに私は彼の蔵書から詩の本を選んでは読んでいた。それゆえ、岩尾邸からその日のうちに帰るのは稀だった。

彼はまた酔うと怒りっぽかった。夕刻から怒られればはじめ、朝になるまで怒鳴られたことも幾度もあった。「お前は詩人になりたいのだろう。しかし、この詩のひどさは何だ。詩人になれないのだったら生きている資格はない。もう詩なんかやめて死んでしまえ」と言われたことも数えきれないほどある。そう言われてはくやし涙を浮かべて帰る私に、二～三日後には必ず「来い」という電話があった。そんな岩尾美義であったから、私に直接褒めるということはなかった。だから、彼の死後、「もう詩では高岡にかなわない」と言ったという岩尾美義の言葉を人づてに聴いたとき、私は涙を流した。

野元教授もそうだったが、岩尾美義もまた「君と二人で詩の雑誌を出そう」と言った。野元教授とは果たせなかったが、岩尾美義とは一冊だけ出したことがある。それが「鬼胎」である。

二十歳のとき、「風の彫像」という長い散文詩と「貌」という詩作品を「詩学」に投稿し、新川和江、窪田般彌、吉野弘、嵯峨信之氏らに高く評価された。たとえの話だが、もしそのとき投稿をつづけていたとしたら、という思いがいまでもある。しかし「俺といっしょに詩の雑誌を出そう。だから詩学への投稿はやめろ」という岩尾美義の指示によって、私は「詩学」への投稿はそれでやめた。

それからかなり後になって「鬼胎」の第一号ができた。ところが、いつまでたってもそれは段ボール箱に詰められたままで何処にも送られた気配がない。理由を訊くと「俺の作品が気に入らないから」ということだった。二号目の作品を私は出したが、結局二号目はできなかった。詩作を長く中断し、俳句のみを書きつづけていた岩尾美義に、詩はついに訪れなかったのである。

ところで、私は高専在学中に二回、白紙の答案用紙を出したことがある。一回目は世界史の教授が授業中に級友に言った「男なら落第をおそれず、白紙で答案を出すぐらいの勇気を持て」といった言葉が赦せなかったとき。おかげで私も落第し、二年生を二度くり返した。二回目は五年のとき、一度しか受講しなかったドイツ語がまったくわからず、名前だけを書いて出した。当然のこととして落第。しかし、私はそれで学校を止めた。文学で生きようと決意していた私にとって、技術者としての学歴を失なうことはむしろいさぎよいことであるように思えたのだ。すでに小説を書き始めていた私は、文学によって生計を立てようとさえ思っていたのである。

だが、幸か不幸か、文学のどのジャンルにおいても私はずっと無名であった。この原稿を書いている二〇〇八年のいまでも状況はほとんど変わっていない。彼岸の存在と思い描いた詩人像からもまったく遠いところに私はいる。しかし、それでよかったのだと思っている。だからこそ、書き下ろしという理想的なかたちで詩集を出しつづけられたのだと思うし、これからもただひたすら詩の彼岸に向かって書きつづけられるのだと思う。

ただ、生活が苦しかったにもかかわらず、高専での二度の落第を黙って赦してくれた両親や、それからの私の多難な人生において多大の迷惑をかけた近しい人たちに対しての申し訳なさには、いまなお打ち消しがたいものがある。

二〇〇四年六月十二日、私は一通の手紙を受け取った。友人からのメッセージを受けて、作ったばかりの全詩集を送った政所利忠教授からの礼状だった。政所教授は現代ドイツ文学の研究者であり、私の高専在学時のドイツ語の教師である。

その、まるで遠い時間からのような手紙を、私は泣きながら読んだ。かつての私の身勝手な生き方がわずかながらでも赦されたような気がしたのである。

高岡修さま

これは大変なものを頂きました。七十歳になって、すごすごと郷里に帰り、引っ越しの段ボール箱の山にうんざりしていた眼前にドスンと降ってきたのです。そうして、元気を、力のようなものを貰ったのです。言葉の機能や意味を考え、開拓するという意味では、私にとっては近代哲学の祖・デカルトのコギトーに相当する内容を秘めた作品です。彼も学校という制度の中の学びを抜け出て、講壇の総ての知識を拒否し、徹底懐疑の後「我思う故に我在り」の命題に達しました。もちろんこのような評価は多くの詩人に当てはまるのだろうとは考えます。でも私には高村光太郎とボードレール、リルケ以外に親しい自由詩人は今まで居なかったのです。

貴君のことをずっと忘れなかったのです。空に向かって投げ上げた石つぶてが戻って来ない、という詩を作った学生に、欠席が多く、学年末のテストを白紙で出したからといって、何故に単位を出さなかったのか、せせこましい教師であったよな、と。ドイツ語も言葉ではないか、一国の言葉の日常的表層の意味や法則を憶えてくれなくとも、言葉という物の限界や機能や意味を分かり始めたからこそ彼の反抗的態度があったのではないか、これは評価に値するではないか、これこそ、どでかく評価すべきであったではないか、と。彼は文系に進むべき人だったなあ、全く別の世界が開けていたであったろうに、否、高専に進んだからこそ、そのせせこましさ、反面教師的性格に逆に啓発されて詩を志したのかも、と。

でもそんな狭量な領域を貴君は疾っくに超えていたのです。鹿児島を二十年間留守していた間、貴君の成長を全く知りませんでした。いや貴君の本来すら分かっていなかったようです。いま、僕はとても晴れやかな気分です。こんなすごい奴、いや、実に純情に謙虚な人間が学生の中に居たんだ、と。単位をけちった教師が、けちられた昔の学生に教わる時が来たのです。こらえきれずに微苦笑で顔がゆるむのです。(中略)「高岡修全詩集」の中の表現に強く惹き付けられるものを感じます。とりあえず、ご恵送にお礼を申しあげます。有り難うございました。郷里に帰ってきてよかったと思います。

西郷隆盛終焉の地に隣接するマンション十階の部屋にて

平成十六年六月十日　政所利忠

作品論・詩人論

愚直なまでに素直であることとの魅力

三浦雅士

高岡修の『犀』が群を抜いて面白かった。

犀とは差異である。そしてこの差異は、たとえばキルケゴールが「人間とは精神である。精神とは何であるか？　精神とは自己である。自己とは何であるか？　自己とは自己自身に関係するところの関係である、すなわち関係ということには関係が自己自身に関係するものなることが含まれている、――それで自己とは単なる関係ではなしに、関係が自己自身に関係するというそのことである」（『死に至る病』斎藤信治訳）と急き込むように語りかけるときの、その関係としての自己のことである。

自己が自己自身に関係するとは、自己を差異化するということにほかならない。いや、むしろこの差異化こそが自己なのだ。これを広告代理店ふうにいえばそれこそ「自分を見つける旅に出よう」ということになるわけだが、人生すなわち旅という比喩が一般に受け入れられているのは、たいていの人間は密かにこの差異化に終わりはないと観念しているからである。

この無限の差異化すなわち自己という関係が、たんに同音であることによって、「犀」という、陸生の草食動物では象についで大きく、肩高ほぼ二メートル、四肢太く短く三指を持つ動物、表皮硬く、毛はほとんどなく、鼻上または額に一つまたは二つの角を持つ動物の形象に結びつけられたとき、この詩集の骨格が成立したのだといっていい。それは、たとえばカフカがこの関係性、この差異化をゴキブリという形象に結びつけたとき、『変身』という短篇の骨格が成立したのとまったく同じことだ。

むろん恣意的である。だが、言語の恣意性に言及するまでもない、自己像とはつねに恣意的なものだ。人は人になれるのと同じように馬にも鹿にもなれる。犀にもなれる。詩人になれると信じているものなど掃いて捨てるほどいる。この恣意性を必然性に転じることこそ自由の核心なのだ。自由は言語の恣意性によって支えられているわけだが、それはそのまま詩によって支えられているということだ。

冒頭に掲げられた詩は「形状記憶」。恣意性の必然性への転化を語るにこれほどふさわしい言葉はない。意図するしないにかかわらず回復してしまう形状。自己像とはまさに形状記憶にほかならない。形状記憶は幼年に遡る。その決定的体験を示す独立した一行「夕日を呑んだ記憶が形状化した犀」につづく第二連、

水とは
怖るべき渇きを
溶けているということ
生きるとは
ただひとつの出自を
総毛立っているということ

は、人間の欲望と恐怖の本質、それらが内部でも外部でもない、ただ関係として、現象としてそこにあるということを性急に語ってほとんど吃っている。文法の縁に立って転げ落ちそうなほどだが、むろん欲望も恐怖も吃らずに語れるようなものではない。

恣意性を必然性に転化するとは、錯誤を、誤謬を引き受けるということである。つづく詩「柵」の第二連、

むしろ世界は
誤読されることによって
それ自身である
犀であるとは
この、じつに親しげな誤謬の明澄性に
まぶされて在るということだ

とはそういうことである。誤謬こそ、錯誤こそ、人間の、いや、生命の本質ではないか。たとえばＤＮＡは「じつに親しげな誤謬の明澄性」そのものではないか。

詩はさらに、

犀にはつねに二つに裂けて澄む新しい川がある
犀たちは
夜明けの午後にいて
未生のものたちの影がつくる柵を

見つめている

とつづくが、差異化しつづける「私という現象」を描いて愚直なまでに素直だ。差異が「二つに裂けて澄む新しい川」であるとは瑞々しい抒情というほかないが、「未生のものたちの影がつくる柵を／見つめている」犀たちの姿には、およそ退廃のかけらもない。ひたすら優しさに満ちている。

未来に向けられたこの優しさは過去にも向けられている。つづく詩「鎖」がそれだ。

太古よりひとつらなりの鎖につながれている
死んだ犀たちの夢である

というのは言葉の流れ、詩の流れ、文学の流れ以外を意味しない。こうして、あたかもその「死んだ犀たちの夢」を泳ぎ渡るかのような詩「痛点」、「時間の骨」がつづき、「濃度」の、

どれほど眠っても
犀の河原の夢をみる
犀限もなく
犀生するひかりに
襲われる

という第一連につづく。言葉遊びはこの段階で流れから首を出しほっと息をついたことを示している。ここでも愚直なまでに素直というほかない。

詩集『犀』の魅力の核心は、あげてこの素直さにある。それが類稀なユーモアを生み、意図せぬアイロニーを生み、そのようであるほかない宿命の、美しい悲哀をさえ感じさせるのである。

圧倒的な詩集の誕生に祝杯を挙げたい。

（第四十六回晩翠賞選評、二〇〇五年九月）

「透死」する詩人の言葉

富岡幸一郎

　昨年の十月、鎌倉に住む詩人の城戸朱理が音頭をとって何人かの作家らと鹿児島に講演旅行に行った。城戸さんによれば、当地には旧知の高岡修という異才の詩人がおり、講演会の企画から旅程まで万端ととのえてくれるということだった。旅立ちの前に電話で本人と短く話しはしたが、まだ残暑の陽炎が立ち昇る空港にむかえに来た初対面の高岡修は、颯爽たる姿でわれら鎌倉〝文士〟一同を歓迎してくれた。講演会と懇親会をはさみ、桜島、霧島、高千穂峰、開聞岳など三泊四日の旅のプロデュースは見事なもので、（作家の柳美里さんも同行しいろいろ楽しいエピソードはあるが省く）、高岡修の精力的な行動力と文学論に、夜ごとかぶかぶと芋やら黒糖の焼酎を飲みながら接し、実に愉快な充実した旅であった。旅の前に、私は一つだけ城戸さんに、知覧にある特攻隊の記念館に立ち寄りたいとお願いしておいた。さる仕事の関係で、特攻隊員の遺書や記録を多く読んでいたので、鹿児島へ行くときはぜひ訪れたいと思っていたからである。

　海からすっと立ち上ったような開聞岳の美しい山稜を眺め、「知覧特攻平和会館」を訪れてはじめて、高岡修がやっている出版社ジャプランが、特攻隊員の記録や写真を収めた村永薫編『知覧特別攻撃隊』の版元であったことを知り驚いた。実はこの本は私が読んだ一連の特攻隊関連の書籍で、最も印象深い一冊であった。考えてみれば、鹿児島の出版社が大東亜戦争の悲劇の町となった知覧の特攻隊と特攻基地の記録をまとめることは不思議ではない。しかし、詩人・高岡修と『知覧特別攻撃隊』（この本の表紙をかざる少年飛行兵の笑顔は、一度見ると忘れられない）の一冊の結び付きが、やや意外に思われたのである。もちろん、これは出版人・編集者としての高岡氏の仕事ではあるが、今回『現代詩文庫』に収められる高岡修の詩篇や、ジャプランから二〇〇三年十一月に刊行された『高岡修全詩集1969~2003』、そして〇八年四月刊の「九州の俳句作家シリーズ」の句集『透死図法』など、高岡修の仕事の全体を通読していくうちに、私はそこに共通して底流するあるものを感じはじめた。
一言でいえば、それは「死」をめぐる存在論的な考察と瞑想ともいうべきものだ。
二〇〇四年九月に刊行された詩集『犀』のなかの一篇「破船」。

空も
かつては溺れた
だから
空は
洪水の水位の高さで
あんなにも
溺死を
澄んでいる

記憶の海が引いてゆくと
犀の河原の空に
一艘の船が現われる
泥と樹木とでつくられた
かつてのわたしたちの船である
空の岩礁に難破したまま
日に洗われて
朽ちることがない

いまになってわたしは思う
あの船はやはり
つくられるべきではなかった
わたしたちもまた
あの船に乗るべきではなかったのだと
それを知っているから
あの船は
空の溺死の水位で
いまなお
絶えざる後悔を
かがよわせているのだ

詩集では「犀」という言葉が、「犀生」（再生）や「犀の河原」（賽の河原）といったように横すべりしながら拡がっていく。「犀」はその形を無限に変容させ、冒頭の一行、〈夕日を呑んだ記憶が形状化した犀〉にはじまり、最後の「おとうと」の〈昨日の銃弾に撃ち抜かれようとして／いままた激しく身震う一頭の死滅せる犀／それがわたしのおとうとである〉まで、一貫してその核心に硬質な「死」のイメージをはらみつつ、一気に連作詩となって走り抜ける。そこには見事な言葉の展開と変容と速度がある。

そして、さらに「破船」の一篇に痛覚をもって描き出される「犀の河原の空」に現われる「一艘の船」は、私に知覧の特攻記念館で目にした、無残な特攻機の姿を彷彿とさせる。海中より引き上げられた陸軍4式戦闘機「疾風」。エンジン部分がボロボロになった機体から露出し、折れた翼は白骨のような骨組を覗かせていた。それは、まさに時の流れに抗するかのように、国家に強いられた「死」の宿命の形相をあらわにしていた。

現前する「死」。それは高岡修の詩世界を貫く強烈なエネルギイである。

いつの頃からか、空壜を、翅の無い鳥と、おもうように、なった。空壜の、なかには、いつも、むこう側の、奇妙に、ふくれあがった、景色が、内臓されて、いたから、空壜は、また、死者たちの、おおきな、涙つぶのようでも、あった。いつも、内側だけは、濡れているので、空壜からは、たえず、酢のようなものが、あふれ出て、いた。

（「空壜」）

詩集『犀』あるいは『蛇』などもそうだが、高岡修の散文詩の特色は、「犀」や「蛇」といった具体的なイメージが多様な変容をとげて、滔々たる流れを形成しながら、切迫した息つぎのスタッカートを響かせているところであろう。それはイメージの転移をもたらし、「死」は抒情の流れのうちにではなく、言葉のつながりの切断面に、その相貌をあらわす。

そこにはいうまでもなく、俳人としての高岡修の確固たる存在があるのだが、それは彼自身がいうように「五七五定型」の問題ではなく、俳句のもつ「詩の根源的な構造」としての〈切れ〉にこそある。

高岡修はこう語る。

《「不在への移送」とは、そのまま「他界への移送」と書きかえうるものである。すなわちそれが、この「死の詩論」のテーゼなのだが、「他界への移送」とは〈切れ〉の構造によって現前する俳句世界にほかならない。つまりは、「高次な隠喩」を全身で体現しようとするのが俳句という形式なのである。（中略）季節感だけで詩になるはずもなく、写生だけで異化が果たされるわけではない。俳句を俳句作品として異化させている機能としてゆいいつ解答可能なのが、切字を含む〈切れ〉の構造なのである。それを私は俳句のみならず詩の根源的な構造であるとしたいのである》（「死の詩論」）

高岡修はここで俳句の言葉の特権性をいっているのではなく、「極北の詩型」としての俳句が「死」を言語化するための「構造」を有しているということだ。いいかえれば、〈切れ〉という「詩の根源的な構造」によって言葉の「他界への移送」、つまり「死」を現前させる潜在的な力が発現していくのである。

『透死図法』からいくつかの句を引いてみよう。

一月は風の死骸がうつくしい
死界までその尾を垂らす山ざくら
死せば空に泥の虹吐くかたつむり
〈死は思想〉蟻灼熱の地を嚙めり
こうこうと夢接木せる爆死の木
自死情死秋の湖心へ透きとおる
死者たちの饒舌に輝《て》る夜の葡萄

ここには高岡修の「人間だけが言語において死を創造することができる」という詩のテーゼの原型が、むしろ直截に表出されているというべきか。

ところで、「死界までその尾を垂らす山ざくら」の一句は、それと並ぶ「山ざくら光を〈かげ〉と読むこころ」と共に、ただちにあの著名な和歌を想起させる。本居宣長の「しき嶋の　やまとごゝろを　人とはゞ　朝日にゝほふ　山ざくら花」である。

「物のあはれ」についてここで云々するつもりはないが、宣長的「歌」の世界は、あえていえば「山ざくら」の匂うがごときものによって、「死」を隠蔽する。小林秀雄がいうように宣長のこの歌を、戦時中の戦意高揚のスローガン的な「大和魂」や「日本主義」として解釈するのは愚かしいし、宣長にそのような意図があったはずもないが、それはそれとして、この歌が特攻隊の若者たちの心深く入って来たのもまたたしかであろう。昭和十九年十月、レイテ島に来襲する米軍にたいして、劣勢にあった日本軍は「神風特別攻撃隊」を編成するが、その最初の部隊は、「敷島《しきしま》隊」「大和《やまと》隊」「朝日隊」「山桜隊」と名づけられたのである。零戦に二五〇キロ爆弾を抱かせて、一機一艦を葬むるという特別攻撃隊名は、宣長の歌から皮肉にもとられた。いや、ここで戦中の軍国主義の問題をあげつらうのではなく、私がいいたいのは、宣長的「歌」のなかに隠された「死」の相を、高岡修は「極北の詩型」としての俳句によって、まさにその〈切れ〉の構造によって、残酷なまでに白日のもとに晒してみせているということである。

「山ざくら」は、日本人の歴史のなかで、まぎれもない現実として「死界までその尾を垂ら」したのであり、その「光」の背後には今日も、「死」の陰が色濃くただよい続けているのだ。高岡修は、この「死」を、言葉によって捕え、時間を貫き、透視する。

さらにまた、「死」は歴史を遡行し、時空間を突破した、ひとつの超越的な場所《トポス》において「詩」へと転化される。二〇〇六年十二月刊の詩集『蛇』から「蛇の木」。

野の蛇たちのまなざしが
遠く迂回するあたりに
蛇の木は立っている
光合する葉の類をつけず
枝々がしげらせているのは言葉
もとより
言葉とは
罪の、
死の、
始原である
それゆえ
蛇の木が真実しげらせているのは

罪の総量である。
死の永劫である。
午睡から醒めると
蛇たちは
蛇の木で遊ぶ
遊びに飽きると
意味の戯れである美しいひとつの輪となって
垂れ下がる
すると
まるでそのときを待ちこがれていたかのように
空が
縊れにくる

旧約聖書『創世記』は「蛇の誘惑」によって、神の命に背いてエヴァとアダムが知恵の樹の実を食べるところを記している。神に創造された人間が、神のような全能の力を欲したとき、失楽園が生じる。「死」とは、この被造物たる人間が創造主たる「神」になろうとする傲慢の「罪」によって発生した。《このようなわけで、一人の人によって罪が世に入り、罪によって死が入り込んだように、死はすべての人に及んだのです。……アダムからモーセまでの間にも、アダムの違犯と同じような罪を犯さなかった人の上にさえ、死は支配しました》（新約聖書「ローマの信徒への手紙」五章、新共同訳）

ドイツの哲学者ベンヤミンは、楽園のアダムにおいては、神の言葉も人の言葉も親和的な関係にあったという。『創世記』の冒頭、すなわち世界創造にあって、神は言葉によってこの世界をつくった。「光あれと言えば、光ありき」である。しかし、その「言葉」はアダムの堕罪とともに大きく変化し転落する。ベンヤミンは、その事態を、すべての存在者が「固有」の名前を持ち、そこで神と共に語り合っているが、それが喪失されたとき、普通名詞がはびこるようになったという。そして、それによって言葉は純粋にそれ自体の美しさを失って、伝達機能として似非《エセ》魔術を帯びることになる。言葉の道具化すなわち奴隷化が起き、自然の表情は暗くなり、自然は深い嘆きを発するようになる……。

高岡修が詩集『蛇』で挑むのは、この失楽園と化した世界（ベンヤミンの言葉でいえば、精神的本質が交響し合う「魔術的共同体」を喪失した世界）において、もう一度始原の「言葉」を、「蛇」とふたたび出会うことで、奪回することであるといってもいいだろう。詩集の冒頭を飾る「海馬」。

白亜紀の海から来て
一頭の馬が
立っている
そこは
蛇の
言語の
孵化の
くらやみ
意味の始原のたてがみに濡れ
ついに生まれつつある
怖るべき未生の一語を咥えて
おののく

「死」を「詩」と化すためには、アダムの原罪の現場に立ち戻る他はない。〈もとより／言葉とは／罪の、／死の、／始原である〉。その言葉のはじまりの場所に、高岡修は全身全霊で立ちつくそうとする。暗黒舞踏の創始者である土方巽は、「舞踏とは命掛けで突っ立った死体である」といいきったが、高岡修は散文詩を俳句の一閃で〈切る〉ことで、その断崖にひとり「命掛けで突っ立った死体」としての詩人（死人）である。この『現代詩文庫』が、詩人の生前葬にあわせて刊行されるということに、私は何やら魔術めいた符合さえ感じるのである。

二〇〇三年に刊行された『梨果の時間Ｉ』所収の「空白」の一篇は、この死＝罪の始原の「言葉」の断崖に立ちつくし困惑するかのような、詩人自らの姿を映し出す。

ある夜更け、《死体のように、艶やかに》という言葉がふいに浮かんだ。浮かんだままいつまでも消えない。その言葉はどう考えても日常レベルのものではない。すると、それは、僕があんなにも待ち焦がれていた詩の到来なのか？　あらためて僕は、僕の空白にその一行を書き起こした。だが、どれほど待っても次の一行が立ちあがってこない。果たして僕の待ち焦がれる詩はこの一行によって始まったのか始まっていないのか？　しかし、こういうふうに言うこともできるだろう。つまり、この詩はこの一行によってすでに完了しているのだと。ところが詩に未熟な僕にはそのどちらかを判断する力がない。結局、僕は《死体のように、艶やかに》という一行に捕捉されたまま、ついにその夜更けから一歩も外に出られない。

この《死体のように、艶やかに》の一行の前に詩人は驚くほど正直に屹立し、次の一行との亀裂のなかに、その言葉の切断のなかにおのれが存在を投ずる。くりかえし投身する。〈死者たちの眼の高さを継承しようとして、／銀杏の梢がいっそう盲目になる〉（「鏡」）。その「継承」と「盲目」の弁証法のなかに、高岡修の詩業が今、その全体像をゆっくりと現出しはじめる。とすれば、鹿児島空港に颯爽とあらわれた彼は、溶岩の荒々しさと噴煙の予兆のなかにある桜島を先導者となって歩いていた彼は、俳人であるか詩人であるかといった世の評価をはるかにこえた存在であり、そもそも生者と死者の区別すら超越しているのかも知れない。そんな此岸と彼岸を自在に《死体のように、艶やかに》歩いて行く高岡修その人と、私も鹿児島の地でたしかに出会うことができたのである。

（2008.7.27）

犀と蛇を両翼とする鷲について

――『高岡修全詩集』以後の詩

北川透

蛇って大嫌い……という人は多い。蛇という名前を聞いただけで、恐怖で震え出す人を知っている。かくいうわたしも、実は蛇が大嫌いだ。わたしの生まれ育った村は、実に多くの蛇が棲息していた。家の前の川沿いに群生していた無花果の木の、曲がりくねった枝には、六月頃になると、無数の蛇、そのほとんどが青大将だが、ぶら下がっていた。小学校の同級生たちは、それを摑まえ、首に巻いて、怖くない事を誇示したが、わたしにはそんな恐ろしい事は、夢にも考えられない事だった。蛇と猫はわたしの鬼門である。

こんな私的なことから、この小論を起こしたのは、高岡さんの詩集『蛇』を読んだ時、そこに蛇への恐怖の感情がほとんど見られないことに、不思議な感を抱いたことがあるからである。詩集『蛇』は、二〇〇六年十二月に出ている、今のところ高岡さんの最も新しい詩集である。

彼は長い間、鹿児島で一人、孤立に耐えて詩を書いてきた。わたしがこの人をよく知るようになったのは、住いを下関に移してからだが、もう十数年になるだろうか。といっても、彼はわたしの前に、詩人として登場したわけではない。すぐれた俳人、俳句作家として現れた。当時、すでに彼は俳句の雑誌「形象」を主宰しており、たぶんそのことが関係すると思われる、俳句の関係の全国大会に呼ばれたりしたために、そちらの話題が多かった、と思う。もっとも、初めに会った時から、現代詩の世界にやけに詳しい人だな、という印象を持ったのも確かだから、この人はそれなりに信号を発していたのかもしれない。普通の俳人とはまったく違う発想をする高岡さんに、時に眼を見張ったけど、やはり、詩も書き、詩集も出すけど、本格的には俳句をやっている人という、印象からなかなか抜け出せなかったのである。

しかし、だんだん高岡さんは俳句も詩も本格的にやる人だ、ということが分かってきた。小説も書いているらしいが、それは読んだ事がないから分からない。『高岡修全詩集1969~2003』を出して、わたし（たち）を驚かした後も、『犀』、『屍姦の都市論』『蛇』と立て続けに詩集が出ている。俳句も詩もどちらも本格的だということは、この人の場合、特に最近の詩に俳句でことばを鍛えた人の特徴がよく出ているということでもある。その逆のことは俳句にも言えるが、ここはわたしが勝手に三部作と呼んでいる、先の三冊の詩集に考察を限りたい、と思う。

さて、わたしは先に詩集『蛇』には蛇への恐怖がない、と書いたが実はそんなことはない。そこでは蛇はすでに蛇であって蛇ではなく、従って、蛇への恐怖も恐怖であって恐怖でない関係を示しているからだ。つまり、恐怖の性格が違うのだ。そこを読み誤ると、おそらくこの人の詩の中に入ってゆけない。

たとえば、冒頭の作品「海馬」には海も馬も蛇のイメージも借りられているが、そのイメージの舞台は、海馬、つまり、脳のある部位を指している。

そこは

蛇の
言語の
孵化の
くらやみ

（「海馬」）

人類が生誕しているかどうかの、そんな白亜紀の始原の脳の中で立ち上がろうとしている言語の姿が、蛇のイメージに託されている。どんな言語表現も生きた蛇のような線状の姿をしている。それだけでなく毒性、畏怖、狡猾、邪淫、罪の情念が、蛇に纏わりついている。それは『旧約聖書』の創世記の邪悪な蛇の役割に暗示されているように、人間の始原の記憶に潜んでいるものだろう。その蛇の言語の孵化する舞台に、この「海馬」の余白（沈黙）は構成されていて、わたしたちを誘い込むような魅力がある。そこにわたしが俳句的な発想を感じるのは、すでに次のような句の存在を記憶しているからだ。

吹き沈む

野分の
　谷の
耳さとき蛇

（高柳重信『伯爵領』）

俳句を定型にしているものは、五・七・五のリズムだろう。それは可視的なものだが、その見えないところで働いているのは、〈切れ〉の力学である。俳句を音数律という形式面ではなく、内在する〈切れ〉を重視すると、たとえば高柳重信の多行俳句の試みになる。高柳の場合も助詞〈の〉で〈切れ（行かえ）〉が表現される場合が多いが、しかし、多行を四行ないしは三行に限定する（中の七音を三・四と分割すれば、四行俳句になる）時、その行数の根拠が問われることになる。俳句が三句でできているという規範を、ある意味で絶対的な前提にしない限り、その根拠を見つけることは難しいのではないか。しかし、多行にした時、〈切れ〉の意味は際立つが、三句（三行）にする根拠は原理的に崩されているはずだ。

わたしが詩集『蛇』を読んでいて、俳句的な発想を感じるのは、そこに五・七・五に近い音数律があるからではない。この人の文体の〈切れ〉のよさが、高柳の多行俳句を思わせるような余白を構成しているからである。しかも、彼は現代詩である事を選択することで、三行とか、四行でなければならぬという前提を、軽々と（かどうか知らないが）越えてしまった。それとともに、彼が手に入れたのは、ことばの抽象性である。〈切れ〉によって、ことばのもつ具体的な感情、物質的な手触りなどを、ぎりぎりのところまで削ぎ落とすことになった。それは手に入れたというより、俳句的手法によって、余儀なくされたと言った方がいいかも知れない。

天網が巻き取られてゆくと
ひかりの歯が
空を
噛んでいる
そこから蛇が墜ちてくる
邪悪な虹にもなれず
死を打ちしだく一本の
強靱なる鞭にもなれなかった蛇たちの

遠い
父祖の蛇の群れである

（「天網の蛇」第三連）

恐怖はあるのだが、自律したイメージの内部のそれである。蛇をイメージとして包囲している空も虹も死も鞭も父祖も、それらが持っている具体的な匂いや感触、猥雑な視線が切り取られている。だからこそ、蛇は墜落しなければならないのかもしれない。しかし、蛇が蛇であることを喪失する言語が、鋭い切断によって可能になっているために、ことばはたっぷり余白をはらむのだ。しかし、蛇の言語は、原罪としての蛇であることをやめることはできない。

それは脱皮する言語でもあるからだ。脱いでも脱いでも《おのれ自身》が露出してくる言語、脱いでも脱いでも、生命に鱗が生えてくる言語である（「笛」）。そのようにして蛇は地に突き刺さり、みずからを礫と化す（「礫の蛇」）。あるいはみずからが犯した罪の総量を茂らせている一本の木である（「蛇の木」）。こうして彼が脱皮する蛇のイメージによって作り出す余白は、徹底して頽唐的であり、非生産的であり、陰画的であり、遊戯的である。そのようにして彼の言語は、いや、余白は意味の拒絶を志向する《美意識の回廊》となっている（「言語の蛇」）。

この詩人に、『蛇』より二年前に出された、詩集『犀』（二〇〇四年）があることは興味深い。『犀』もまた、意味の《切れ》を生かした俳句的な発想を、著しい特質としている。冒頭「形状記憶」の一行目は、こんな風である。

夕日を呑んだ記憶が形状化した犀

（「形状記憶」第一行目）

蛇が蛇でなかったように、犀も犀ではなかった。夕日を呑むとは何だろう。落ちていく陽の照り返しを受けながら、死へ崩れていくことではないのか。それが犀の形状である。

死の、
照り返しの、

毛状の、
森。
死すべき、
無名のなかの、
ひとり。

（「形状記憶」三連目）

これが犀の形なのである。助詞〈の〉は、二つの体言の間に挟まれて、意味の流れを作りたがっている。しかし、〈の〉で切って行かえをする。そこで作られる余白の中に浮き出るのは、死に魅せられている毛状の森、無名の一人としての犀の姿である。犀は蛇のように身近な動物ではないが、しかし、写真や映像の中に浮かぶ、その特異な巨体を、わたしたちは容易に想像しうる。角質化した厚い外皮、短い剛毛、肩のこぶ状の隆起、大きな頭部や鼻骨から突き出る角など、草原に住む草食動物のせいか、怪異な巨体からユーモラスな淋しさが漂う。むろん、詩の中の犀は、そのような具体的な形状からは切れている。しかし、自律した抽象の世界で、やはり、犀は身体として出現する。

そうして
わたしが孵った一点に
草原があつまってくる
わたしに揺らめいてやまぬ水の体毛
わたしに欲情してむせる草々の息
いま　わたしをどれほど細かく分離しようと
すなわちわたしは
犀の体臭としてあふれるだろう

（「牢」第一連）

高岡さんの詩では、蛇は線状の言語であった。そこには始原からの罪の妄念が宿っている。蛇はどちらかと言えば、身体から遠い情念の生き物として把握されていた。しかし、蛇に比べて、詩人の日常から遙かに遠いはずの、絶滅危惧種に近い犀に、身近な身体性が感じられてしまうアイロニーが面白い。草原に欲情されている体毛の揺らめき、体液の臭い。そして、柔らかい草原に対して、《犀であるわたし》は、《みずからの頭の／その／中心に》

《かくも猛々しく／角を生やしている》（「犀生の日」）、その不条理を問わざるを得ない。

そうして
わたしは目撃する
草原の果てから現われて
じっとわたしを見つめている一頭の犀
まるでもうひとつの世界の尖鋭な夕映えを
突き殺してきたかのような血の角

（「犀生の日」第五連目）

夕日を呑み込んだわたしと、夕映えを突き殺してきた、もう一頭の犀、その血の角があいまみえ対峙する。それを包囲して、死せる砂漠の中の砂の犀、草原の情欲の中で姦淫する犀、溶けざる憎悪の的となる溶ける犀、それら様々な犀の身体が、抽象の草原の中に出現したり、消えたりする。

詩集『犀』と『蛇』は、いわば俳句的に構成された余白に、身体と情念の異なるイメージのドラマを演じている。その間に、〈切れ〉を封じた散文詩集『屍姦の都市論』（二〇〇五年）が来ているのはなぜだろう。もっともわたしは刊行された順序を言っているので、実際に書かれた時期は、少し違っているかもしれない。しかし、ここで注目すべきは順序ではなく、構造である。たとえば幻視する様にこの三冊の詩集を眺めると、『屍姦の都市論』を胴体として、その左右に『犀』と『蛇』を、いわば同位の二つの翼あるいは羽根にしている、鋭い鷲のイメージが浮かぶ。

ところで、『屍姦の都市論』の都市も、犀や蛇と同じ位相で、都市であって都市ではない。それは《死者たちの夢みた都市》なのである。そうすると、ある納得が行く。それは『犀』や『蛇』のもつ抽象度が、いわば死のイメージに浸透されている、ということである。方法的には俳句的な〈切れ〉が、日常的な触感や生活観、現実的リアリティーを削ぎ落としているところに空白が構成されるが、しかし、その空白のリアリティーを保証しているのは、透明な死の感覚である。この不思議な感覚が、作者のどこから来ているかを、わたし（たち）は探り出することができない。けれども、三冊の詩集を胴体と両翼の関係でつないでいる強靱な繊維状の装置は、この死の感覚であることだけは確かである。詩集の冒頭は次のように始まっている。

この未明、死者たちの眼の内奥で都市はまだ眠っている。都市の頭上は、闇への隷属のまま、ざらつく鳥肌を匿している。都市のまどろみに吊るされているのは夢。すでに全身を傷口と化した袋状の夢である。いま、都市のまどろみに吊るされた夢がひときわくきやかに見えるのは、やがて明けようとする永遠の一日へのおののきが、袋状の夢の傷口を、さらに鮮明に裂いているからである。

（「屍姦の都市論」冒頭部分）

ここに都市の具体的な像を見出そうとしたり、現代の猥雑な都市の風俗を嗅ぎ出そうとしたり、それが産み出す速度や解体変化や飽食やスクラップや破滅的な火薬……を取り出そうとしたりする、一切の試みは失望に終わるだろう。それはないものねだりと言うものである。なぜなら、〈屍姦〉される都市とは、《名ざされることによって、すでにそれじたいを喪失した事物の総体にほかならない》し、《地の果てはまさしく都市の中心》でしかないし、《都市の人々の眼は》《死者たちの眼》に重なり、《高層ビルの屋上》は、《天上界へよく溶け》ているし、《この都市の風景は》、展翅板として開かれる《無数の図譜》に過ぎないからだ。

単にそれは夢みられた都市でも、架空の都市でもない。誕生が葬送であり、建設が滅びであり、食べれば食べるほど朽ち果てる、薄い死のガラス板の上に、整列させられた都市の風景なのである。そのようにして手淫する街路樹が、吊り構造の歴史資料館が、住居の蜃気楼が、来館者のいない図書館が、何も展示されていない博物館が、都市の住民すべてが囚人として収容されている檻のような刑務所が、高く聳える断頭台のモニュメントが、オルガスムスに達している青銅の像が……、次から次へと語られる。

捨てられた一個の空缶に夕日が産卵している。生存の斜面を鉄のキリンが逃げてゆく。鐘が鳴り、都市がわずかに揺動すると、やがて、建築物のひとつひとつが、飛翔の姿勢をとる。それぞれが頭部とおぼしき突起をもたげ、想念の翼をひろげる。だが、どの建築物も、結局はどこへも飛び立ちはしない。飛翔それじたいにはいかなる意味あいもないということを、どの建築物も十全に知っているのである。建築物は、悄然と想念の翼をたたみ、こうべを垂れる。かくして、この都市にも、うしろ手に縛られた夕暮れがやってくる。

(『屍姦の都市論』部分)

犀や蛇の生誕に死の輝きとして、夕日が射していたことを、思い返したい。都市をうしろ手に縛って、飛翔を不可能にしているものも、夕暮れである。《結局、この都市にあって、再生とは、さらなる死への道程にほかならない》(『屍姦の都市論』最終連・部分)。

しかし、わたしはこの飛翔の姿勢をとっている都市の建築物を、仮に鷲の姿として思い描いたのである。その両翼に『犀』と『蛇』の翼を持っているのが、高岡さんの詩の現在の姿であろう。言い換えれば、散文詩が俳句的な〈切れ〉を推進力にして、飛翔していると言うべきか。逆に言えば、その〈切れ〉を両翼にすることで、散文詩は徹底的な抽象力を獲得した。その強度の抽象によって澄み渡ったことばの鏡面に、なみなみと湛えられている死の感覚こそは、彼が現代から受け取っているものにほかならないだろう。

(2008.7.21)

孤独が貫くもの

城戸朱理

宗教学においては、インドのヒンドゥー教や日本の神道のような民族宗教に対して、開祖・教義・教団を持つ宗門を「成立宗教（established religion）」と呼ぶ。仏教やキリスト教、そしてイスラム教などが、これに当たるが、それぞれの教義とは、釈尊なり、イエス・キリストなりといった開祖が語った言葉によって成り立つものであり、古代においては、開祖の言葉は口伝によって伝えられ、時代が下るにしたがって、次第に種々の「経典」なり、『聖書』といった聖典が編纂されていったことが知られている。

ここでは、わたしたちに身近な仏教のそれを例にとってみよう。

釈尊は二十九歳で出家し、苦行と深い瞑想を経て、三十五歳のときに悟りを得てブッダ（「目覚めたもの」の意）となった。釈尊が王子という地位と家族を捨ててまで、出家を決意したのは、なぜ人間は「生・老・病・死」という「四苦」から逃れることができないのかという深い疑問からだったとされている。つまりは、それこそが釈尊にとっては問いの所与だったわけであり、したがって、釈尊の悟りとは決して曖昧なものでも、漠然としたものでもなく、その問いに対する回答にほかならなかった。それは、世界はどのようにして存在しているのかという世界認識と、わたしは、その世界のなかでどのように存在しているのかという自己認識をその内容とするものであったが、三十五歳で成道してから八十歳で入滅するまで、釈尊は、ときと場合に応じて、その悟りをさまざまな言葉で語りつづけた。

釈尊が存命中であれば、疑問や悩みは直接、尋ねることができる。しかし、偉大な師が入滅してから後は、その教えに従おうとするものは、残された師の言葉をたよりにするしかない。そのために仏弟子たちは、釈尊入滅後、「結集《けつじゅう》」と呼ばれる会合を持ち、記憶している釈尊の言葉をともに暗誦して誤りを正し、その教えを後世に伝えようとした。

最初の結集は釈尊入滅の直後に、釈迦十大弟子のひとりであるマハーカッサパ（摩訶迦葉）が招集したというが、その後も仏滅百年後、仏滅二百年後、さらには仏教の庇護者として知られるインド、クシャーナ朝のカニシカ王が紀元二世紀に第四回結集を催し、このとき、釈尊の教えを集成する「経」、釈尊が定めた教団生活の規則である「律」、そして、弟子による釈尊の教えの注釈である「論」、すなわち「三蔵」が編纂されたと仏典は伝えている。

ここで注意したいのは、仏教における経典の成立が、原始的な共同体における詩の発生とその後の展開を示唆しているのではないかということである。

世界的な仏教学者の中村元は、経典の成立を次のように整理している。まず、釈尊入滅後、その教えは、暗誦しやすいように韻文の詩のかたちや簡潔な文句としてまとめられ、後世に伝えられた。そして、この詩のなかには釈尊自身が作ったものも含まれているのではないかと考えられている。次には、詩や短い文句に対して散文の説明が付け加えられていき、この散文も次第に仏説、すなわち釈尊の言葉として伝えられていくことになる。そして、第三の段階として、それらすべてが釈尊の言葉として集成、編集され、経典として成立することになるわけで、経典の成立は釈尊の入滅から四百年以上はたってからと考えていいだろう。

これを民族的な共同体に移して考えてみると、共同体で語りつがれるべき物語が詩というかたちで伝承され、それは機会があるたびに暗誦されて、その共同体のアイデンティティを保証するものとなる。そして、当初は口伝えであったその詩は、文字文化が成立するとともに文字によってテクスト化されて伝えられるが、長い時間を経るうちに、文字による記録が可能なわけだから、暗誦の必要がなくなり、次第に散文化していくようになる。

つまり、詩とは、無文字時代に、ある共同体の民族的記憶を語るものとして生まれ、文字文化を持たなかった文化圏においては、消滅することもあったろうが、そうでなかった場合には、文字テクストとして伝えられることになる。そして、共同体において共有される物語が、散文化するにつれて、その役割を終えることになるわけだが、まさに、そのとき、共同体に共有されることを前提としない、新たな詩が生まれることになる。それは、共同体の成員によって口誦されるものではないだけに、ひどく孤独なものとなるだろう。そして、それが、わたしたちの現代詩の始まりであった。

このようにして考えていくと、詩の歴史とは、無文字時代のそれと文字時代のそれというふうに考えることもできるが、実際に、詩が口誦されるものではなくなってから、少なからぬ詩人が、あたかも共同体から自発的にはぐれていくかのように漂泊の人生を送っていることをわたしたちは確認することができる。たとえば、李白を始めとする中国の大詩人たち、あるいは、わが国の西行や芭蕉、そして、民族に共有される物語の語り手とされながらも、ギリシアのホメロスは盲いた放浪者だったと伝えられているし、あるいは、『神曲』のダンテ・アリギエーリは、祖国フィレンツェから追放された者だったではないか。

共同体からはぐれることは、その詩がたんに孤立することを意味するわけではない。ときとして、それは、あくまでも共同体の外にあることによって、その内側に留まるだけでは決して気づきえぬ世界の実相を伝え、共同体を刺し貫くものとなるだろう。

わたしたちが高岡修の詩業のうちに見い出すもの、それは、まさにそうした詩的体験であると言ってよい。

実際のところ、高岡修の作品に触れるのは、長い間、容易なことではなかった。おそらく、少なからぬ人が、二〇〇三年に刊行された『高岡修全詩集1969～2003』によって、初めて、この尋常ならざる詩人と出会うことになったのではないだろうか。六百ページを超える、その大冊は、詩人の二十歳から五十五歳におよぶ三十五年間の詩業を集成するものであり、初期詩篇と全八冊の詩集を集成するものであった。そして、本州の最南端の鹿児島で、孤独に続けられてきた詩的営為は、そのとき、初めて、戦後の現代詩と並走するように独自の詩的世界を構築してきた詩人の存在を、世に知らしめることになったのだった。全詩集の「あとがき」で、詩人は次のように語っている。

一九六九年から二〇〇三年は、私の二十歳から五十五歳の三十五年間である。もちろん、さまざまなことが怒濤のように押し寄せた歳月であった。だが、その間、私はひたすら詩を書いてきたように思う。（中略）私には、すべての時間を詩に費してきたかのような感がある。いかなる時においても、私はいつも詩界の内部にいた。

ここで語られている「詩界」という言葉の底知れぬ深さに、わたしなどは慄然とするのだが、それが、ごくごく小さな業界でしかない詩壇などとはまったく関わりがないことは言うまでもないだろう。高岡修にとっても詩界、それは言葉だけの世界、あるいは言語によってのみ可能になる世界のことであり、その内部にいたとは、すなわち、このうえない孤独を生きてきたということにほかならないのではないか。

実際、『高岡修全詩集』は驚異的な一冊である。そこには、地方性や地方主義はかけらも見当らなかったが、同時に、いささか詩壇的な時代の刻印とも無縁な、言うならば、戦後の現代詩のもうひとつの可能性が、目覚ましい成果として実現されていたのだと言ってもいい。詩人は、一九四八年生まれであり、六五年、十六歳のときに詩を書き始めたという。初期の詩篇は、詩語とイメージの展開において吉岡実の影響を、そして、自然を始めとする世界の諸事象との対し方においては、ときに田村隆一の影響をうかがわせるものになっており、ごくごく乱暴に要約するならば、「ぼく」という一人称が主体となっているときには田村的、それ以外の何かが詩の主体となっているときには吉岡的な展開を見せる。こうしたことから推しても、高岡修が同時代の現代詩を深く読み込み、また、少なからぬ影響を受けていることは間違いないのだが、六〇年代に詩的出発を遂げ、七〇年代に二十代を過しているにもかかわらず、その詩には、六〇年代的な混沌とした放埒さも、あるいは七〇年前後の政治的な色あいも、そして、七〇年代的な自閉した先鋭さも見当らないということは、きわめて重要なことではないかと思われる。ここで語ったような時代性の刻印は、同時代的には主流となって似たような作風の詩が量産されるものの、その時代が過ぎるとともに一気に風化していく。高岡修は、メディアの中心である東京から遠く離れた鹿児島にあって、そうした詩壇的な時代の変転を知りつつも、まったく別の道を歩んだことになる。そして、それは、むしろ、孤独だけが可能にする道だったのではないだろうか。

本書にも収録されている『水の木』『二十項目の分類のためのエスキス・ほか』『鏡』といった詩集は、その達成を示すものであるが、その特徴をひと言で語るならば、戦後詩的な既視感と未知の言語とが、交錯しているとかも知れない。そして、既視感が、すでに指摘した吉岡実や田村隆一といった詩人たちの影から生じるものであるとき、未知の言語とは、先行世代の言語をたんに脱ぎ捨てるのではなく、より深く身体化することによってのみ実現することができる高岡修に固有の方法から生まれたものなのではないかと思う。

ここでは、『鏡』から次の部分を見てみたい。

「世界の右手とはぐれないように」

その声を、
母の胎内のくらやみで聴いた、
きみも、
そしてぼくも、
その声を忘れたことはない、
しかし世界に、
つなぐべき右手など、
ありはしなかったのだ、
この黄昏れ、
無い右手のことを思って、
世界が、
遠い野火のように、
いつまでも、
途方に暮れている、

謎めいていながらも、不思議なさびしさをたたえた詩だと思う。語彙じたいは決して難解なものではないし、ぜんたいは五つのセンテンスによって構成されていると考えることができる。そして、意味的には、一行目で提出される命題が決して果たしえぬものであることを語っているのだと考えることができるだろう。では、この詩の謎とはいったいどこから立ち上ってくるものなのだろうか。

それは表現上は、次の二点に集約されている。ひとつは「世界の右手」。そして、もうひとつは、最終行の「途方に暮れている」という述語の主格が「世界」であることである。

つまり、この詩においては、一見したところ、ねじれや飛躍のない展開がされているように思えるのだが、まず、右手があるという擬人化された世界が提示され、実は右手などなかったと語り継ぐことで、いったんは擬人化が解かれるものの、最後のセンテンスに至って、「世界が」「途方に暮れている」と、全き世界の擬人化によって結ばれるという、実は目覚ましい跳躍によって一篇が構成されていることになる。そこから、謎めいた気配が立ち上がることになるわけだし、意味としては、生まれる前に聞いたが、現実の人生では決して果しえない命題について語ることで、生きていくうえでの喪失感やさびしさの遠い比喩になっているのだと考えることもできる。「途方に暮れる」のは「世界」であるわけだが、その主格が「世界」である以上、そこには「きみ」や「ぼく」も含まれているわけであって、その最終行に出会うとき、わたしたちは、謎めいた詩句の果てに、思い通りにはならない人生という現実にも出会うことになるのだとも言えるだろう。

このような、高岡修に固有の方法を、わたしは、「柔らかな〈絶対〉の探究」（『高岡修全詩集』解説、『潜在性の海へ』所収）において、「柔らかなシュルレアリスム」と呼んだが、それは本書のぜんたいを通して確認できるものではないかと思う。ふつう、日本語によるシュルレアリスティックな詩とは、非日常的で、どちらかと言えば生硬な語彙を用いて、語と語の衝突から新たなイメージを立ち上がらせるものがもっぱらだが、高岡修においては、一見したところ、平明なセンテンスが立ち上げるイメージと意味が、つづくセンテンスによって異化され、新たなイメージと意味を生じさせるという独自の方法がとられている。おそらく、その詩は、和合亮一の意味のねじれから新たなイメージを立ち上げるというダイナミックな詩法と並んで、日本語における最良のシュルレアリスムの達成と呼ぶことができるだろう。

そして、こうした方法は、高岡修が「詩界」と呼ぶ、言葉だけに可能な世界、あるいは、詩だけが開示しうる世界を生き抜くために選び取られたものなのだろうし、彼が六〇年代なり、七〇年代なりの時代ごとの状況に追随することがなかったのは、むしろ、当然のことであったのかも知れない。高岡修という詩人にとっては、詩とは、時代的な状況とは関わりなく、言葉だけで現実とは別のひとつの世界を創造することにほかならず、そして、それは逆に現実の世界をも刺し貫くものにほかならなかったのではないか。

高岡修が『高岡修全詩集』によって、ようやく、その姿を現したとき、そこには、すでに一人の詩人として充分なほどの質的かつ量的な達成が示されていたし、それは、いわゆる現代詩の読者を十分、圧倒するに足りるものだったが、この詩人の卓越は、それ以降、さらに明らかなかたちで示されるとともに、その仕事が今もなお、深められながら展開され続けていることにある。その軌跡をわたしたちは、『犀』『屍姦の都市論』『蛇』といった全詩集以降の仕事に見ることができるわけだが、こうした近作でも高岡修が、いささかの懈怠《けたい》も衰弱もなしに、自らの詩法をさらに研ぎ澄まし、目覚ましい詩的世界を創出しているのは驚嘆に値する出来事といえるだろう。ここでは、詩人が新たな一歩を踏み出した記念碑的連作『犀』から、冒頭の一篇を見てみよう。

形状記憶

夕日を呑んだ記憶が形状化した犀

彼は知っている
水とは
怖るべき渇きを
溶けているということ
生きるとは
ただひとつの出自を

総毛立っているということ
（中略）
もし死の滅びるときのあれば
眼を閉じて
錯乱した樹木を
捨てる
遠くまで
無臭のまなざしを
買いにゆく

近代の西欧においては、芸術というものは、自然を始めとして、世界や社会の諸事象に対する主体の働きかけであると考えられた。そして、わが国においても、小林秀雄から吉本隆明といった昭和の批評家までは、そのような近代的思考のうちに文芸を始めとする諸芸術が考えられていたところがある。そうしたことを踏まえたうえで、「形状記憶」という一篇を読み直すならば、その作品が、いかに近代的思考と離れたところで成立しているのかは、驚くばかりである。冒頭の鮮やかな一行、「夕日を呑んだ記憶が形状化した犀」は、たしかに「夕日を呑んだ」という形容と犀という動物の対置が、サバンナのような広大な草原をイメージさせるし、犀という動物をめぐる連作の開巻の一行として、その詩行は広やかな舞台を設けることに成功しているとも言えるのだが、それは自然に対する働きかけなどではなく、むしろ、言語による自然の創出と呼ぶべきものであって、それは、つづく第二連でより明らかなものになるだろう。あたかも、その連は、「水」と「生きること」を定義するかのような、「AはBである」という命題として提出されているように見えるのだが、AとBは、そのまま了解することができない奇妙なねじれの関係にあって、詩行は、むしろ、「水」とは何なのか、あるいは「生きること」とは何なのかという問いを突きつけてくるのではないだろうか。

さらに、最終連もまた、同じような構造を持っている。仮定として提出される一行目、「もし死の滅びるときのあれば」は、一瞬、二十世紀初頭に暗黒の真ク・リトル・リトル神話大系を作り上げた作家、H・P・ラヴクラフトを想起させたりもするのだが、主眼はそうしたところにあるのではなく、起こりえないことが起こるとしたらという意味を語っているのだと考えられる。そうだとしたら、それ以降の六行は、起こりえないこととして記述されているわけであって、この詩篇における詩的主体、すなわち犀が、決してなしえぬことを生きる虚体として立ち現われてくることになるのではないだろうか。つまり、ここに提示されているのは、ありえない存在であるとともに、反自然としての世界であり、そして、それは、つねに現実の世界への反問として存在していることになる。

このように、高岡修の詩を読むことは、読者を答えではなく、むしろ、問いへと連れていく。そうしたいっさいでもって、そこでは、近代的思考を抜け出した現代の詩が実現されているのだと言っていい。

また、近作に至って、いよいよ際立ってきた高岡修の詩の特徴というものがある。それは、引用した部分でも明らかなように、形容詞を可能なかぎり排した切り詰められた表現であり、そのことによって、謎めいた気配が生じてもいるが、そのことの意味はすでに語ったように、断言の背後には必ず反問が潜んでいるということであって、そればかりではなく、助詞ひとつにさえ過重なまでの負荷がかかり、異様なまでの凝集力を獲得しているということだろう。

日本の現代詩は、一九九〇年代初頭に散文詩型の隆盛を見たことがある。それは今になると、昭和というひとつの時代を終えて、方途を見失った詩人たちが、自らの不安を言葉で埋めるようにして起こったことだったのではないかとも思われるが、二十一世紀を迎えた現在も、詩型としては散文詩ではなく、行分けであったとしても、一行のラインが長く、およそ散文的な詩が、若い世代を中心に目につくようになった。しかし、ここで、ごく単純なことを思い出しておきたい。韻文の対立概念が散文であるということを。そして、散文の「散」とは決まりがないことを意味しているので、散文とは決まりがない自由な文章のことであり、それに対して、韻文とは、一定の決まりに添って書かれる詩を意味している。わが国の短歌や俳句のように、あらゆる言語文化圏において、詩とは特定の決まりを持つ定型詩として始まったわけだが、言うまでもなく、わたしたちが現代詩と呼ぶものは、自由詩であって、特定の決まりを持つものではない。そして、だからこそ、一篇の自由詩が書かれるときには、それがなぜ詩であるのかという自問が深くなされていることが必要とされるわけだが、それと同時に、表現のレベルにおいては、散文ではないこと、つまりは言語の凝集力が、自由詩を散文と分かつものになる。言語の凝集力とは何か。それは、ひとつひとつの言葉に、多重の時間と空間が負荷され、その結果として、多義的な意味を言葉が帯電している不穏な状態と言えばいいだろうか。

つまり、散文的な詩などというものは本来ありえず、そうしたものは、本当は「行分けされた散文」か、せいぜい「詩のようなもの」でしかないことになる。そして、そうした書き物が氾濫する今日の状況のなかにあって、高岡修の詩は、まず表現の水準において、目覚ましいまで詩とは何かを示すものであるということができるだろう。そして、そのことは、散文詩型を採用した『屍姦の都市論』においても、いささかも揺らぐものではないし、『蛇』に至っては、さらに結晶度を高めている。

こうして、高岡修という詩人の詩業を検討していくとき、明らかになっていくことは、彼が徹底して文字時代の詩人であり、共同体から追放された人間であるということかも知れない。そして、そのことは、詩人が長く詩壇と無縁であったとか、あるいは鹿児島に定住しているといった年譜的事実とは、およそ関わりがない。それは、言葉だけに可能な世界だけを生きることを決意したところから、抜き差しがたく起こってしまうことであって、その孤独ゆえに、ここには、もうひとつのありうべき戦後詩と来たるべき現代詩の可能性があるのだと言えるのではないだろうか。

(2008.8.1)

Gendaishi Bunko

現代詩文庫 190 高岡修

発行・二〇〇八年九月十七日 初版第一刷

著者・高岡修

発行者・小田啓之

発行者・株式会社思潮社

〒162-0842 東京都新宿区市谷砂土原町三—十五

電話〇三（三二六七）八一五三（営業）八一四一（編集）八一四二（ＦＡＸ）

印刷・三報社印刷株式会社

製本・株式会社川島製本所

ISBN978-4-7837-0967-1 C0392

現代詩文庫

第I期

1 田村隆一
2 谷川雁
3 岩田宏
4 山本太郎
5 清岡卓行
6 黒田三郎
7 黒田喜夫
8 吉本隆明
9 鮎川信夫
10 飯島耕一
11 天沢退二郎
12 吉野弘
13 長田弘
14 吉岡実
15 富岡多恵子
16 那珂太郎
17 安西均
18 長谷川龍生
19 高橋睦郎
20 茨木のり子
21 安水稔和
22 鈴木志郎康
23 生野幸吉
24 大岡信
25 関根弘
26 石原吉郎
27 谷川俊太郎
28 白石かずこ
29 堀川正美
30 岡田隆彦
31 入沢康夫
32 片桐ユズル
33 川崎洋
34 金井直
35 渡辺武信
36 安東次男
37 三好豊一郎
38 中桐雅夫
39 中江俊夫
40 高野喜久雄
41 吉増剛造
42 渋沢孝輔
43 高良留美子
44 三木卓
45 加藤郁乎
46 石垣りん
47 木原孝一
48 北川透
49 菅原克己
50 多田智満子
51 鷲巣繁男
52 寺山修司
53 木島始
54 清水昶
55 金井美恵子
56 吉原幸子
57 藤富保男
58 岩成達也
59 井上光晴
60 会田綱雄
61 北村太郎
62 窪田般彌
63 辻井喬
64 新川和江
65 吉行理恵
66 中井英夫
67 粕谷栄市
68 清水哲男
69 山本道子
70 宗左近
71 中村稔
72 粒来哲蔵
73 諏訪優
74 続飯島耕一
75 荒川洋治
76 佐々木幹郎
77 正津勉
78 辻征夫
79 安藤元雄
80 藤井貞和
81 大野新
82 犬塚堯
83 小長谷清実
84 江森國友
85 天野忠
86 嶋岡晨
87 阿部岩夫
88 関口篤
89 衣更着信
90 ねじめ正一
91 菅谷規矩雄
92 井坂洋子
93 片岡文雄
94 伊藤比呂美
95 新藤涼子
96 青木はるみ
97 中村真一郎
98 嵯峨信之
99 稲川方人
100 平出隆
101 松浦寿輝
102 朝吹亮二
103 続荒川洋治
104 続藤井貞和
105 続寺山修司
106 吉田文憲
107 瀬尾育生
108 続谷川俊太郎
109 続続谷川俊太郎
110 続田村隆一
111 続続田村隆一
112 続天沢退二郎
113 続続天沢退二郎
114 新井豊美
115 続吉増剛造
116 続続吉増剛造
117 続鮎川信夫
118 続北村太郎
119 続吉野弘
120 続石原吉郎
121 続鈴木志郎康
122 川田絢音
123 続続吉野弘
124 続北川透
125 続白石かずこ
126 続清岡卓行
127 続宗左近
128 牟礼慶子
129 続吉岡実
130 続辻井喬
131 続大岡信
132 続新川和江
133 続川崎洋
134 続清水昶
135 続高橋睦郎
136 続長谷川龍生
137 続中村稔
138 八木忠栄
139 続佐々木幹郎
140 城戸朱理
141 野村喜和夫
142 平林敏彦
143 続渋沢孝輔
144 続那珂太郎
145 財部鳥子
146 続長田弘
147 吉田加南子
148 続清水哲男
149 辻仁成
150 木坂涼
151 田中清光
152 阿部弘一
153 続続大岡信
154 続続鮎川信夫
155 続辻征夫
156 福間健二
157 守中高明
158 平田俊子
159 村上昭夫
160 広部英一
161 白石公子
162 鈴木漠
163 高橋順子
164 池井昌樹
165 続続清岡卓行
166 倉橋健一　坪内稔典／松原新一他
167 高貝弘也　吉岡実／新井豊美他
168 御庄博実　長谷川龍生／北川透他
169 続吉原幸子　大岡信／多田智満子
170 井川博年　川本三郎／八木幹夫他
171 加島祥造　原満三寿／池崇一他
172 続続吉原幸子　谷川俊太郎／新川和江他
173 続粕谷栄市　横木徳久／野村喜和夫他
174 小池昌代　飯島耕一／井坂洋子他
175 征矢泰子　新川和江／新井豊美他
176 八木幹夫　小沢信男／新倉俊一他
177 続入沢康夫　野村喜和夫／田野倉康一他
178 岩佐なを　城戸朱理／矢川澄子他
179 四元康祐　栩木伸明／谷川俊太郎他
180 山本哲也　吉野弘／北川透他
181 続続辻征夫　清岡卓行／高橋源一郎他
182 友部正人　谷川俊太郎／宮沢章夫他
183 河津聖恵　新井豊美／瀬尾育生他
184 星野徹　笠井嗣夫／武子和幸他
185 山崎るり子　三浦雅士／井坂洋子他
186 続渡辺武信　松本隆／荒井晴彦
187 最匠展子　金子光晴／長谷川龍生他
188 続安藤元雄　飯島耕一／新井豊美他
189 続井坂洋子　室井光広／蜂飼耳他
190 高岡修　富岡幸一郎／北川透他

＊人名（明朝）は作品論／詩人論の筆者